VICTOIRE!

DU MÊME AUTEUR

ROMANS, RÉCITS ET CONTES

CONTES POUR BUVEURS ATTARDÉS, Éditions du Jour, 1966; BQ, 1996.

LA CITÉ DANS L'ŒUF, Éditions du Jour, 1969; BQ, 1997.

C'T'À TON TOUR, LAURA CADIEUX, Éditions du Jour, 1973; BQ, 1997.

LE CŒUR DÉCOUVERT, Leméac, 1986; Babel, 1995; Nomades, 2016.

LES VUES ANIMÉES, Leméac, 1990; Babel, 1999; Nomades, 2016.

DOUZE COUPS DE THÉÂTRE, Leméac, 1992; Babel, 1997; Nomades, 2016.

LE CŒUR ÉCLATÉ, Leméac, 1993; Babel, 1995; Nomades, 2016.

UN ANGE CORNU AVEC DES AILES DE TÔLE, Leméac/Actes Sud, 1994; Babel, 1996; Nomades, 2015.

LA NUIT DES PRINCES CHARMANTS, Leméac/Actes Sud, 1995; Babel, 2000; Babel J, 2006; Nomades, 2016.

QUARANTE-QUATRE MINUTES, QUARANTE-QUATRE SECONDES, Leméac/Actes Sud, 1997.

HOTEL BRISTOL, NEW YORK, NY, Leméac/Actes Sud, 1999.

L'HOMME QUI ENTENDAIT SIFFLER UNE BOUILLOIRE, Leméac/Actes Sud, 2001.

BONBONS ASSORTIS, Leméac/Actes Sud, 2002; Babel, 2010; Nomades, 2015.

LE CAHIER NOIR, Leméac/Actes Sud, 2003.

LE CAHIER ROUGE, Leméac/Actes Sud, 2004.

LE CAHIER BLEU, Leméac/Actes Sud, 2005.

LE GAY SAVOIR, Leméac/Actes Sud, coll. «Thesaurus», 2005.

LE TROU DANS LE MUR, Leméac/Actes Sud, 2006.

CONVERSATIONS AVEC UN ENFANT CURIEUX, Leméac/Actes Sud, 2016.

LE PEINTRE D'AQUARELLES, Leméac/Actes Sud, 2017.

VINGT-TROIS SECRETS BIEN GARDÉS, Leméac/Actes Sud, 2018.

LE CŒUR EN BANDOULIÈRE, Leméac/Actes Sud, 2019.

LA DIASPORA DES DESROSIERS

LA TRAVERSÉE DU CONTINENT, Leméac/Actes Sud, 2007; Babel 2014; Nomades, 2016.

LA TRAVERSÉE DE LA VILLE, Leméac/Actes Sud, 2008; Nomades, 2016.

LA TRAVERSÉE DES SENTIMENTS, Leméac/Actes Sud, 2009; Babel 2014.

LE PASSAGE OBLIGÉ, Leméac/Actes Sud, 2010.

LA GRANDE MÊLÉE, Leméac/Actes Sud, 2011.

AU HASARD LA CHANCE, Leméac/Actes Sud, 2012.

LES CLEFS DU PARADISE, Leméac/Actes Sud, 2013.

SURVIVRE! SURVIVRE!, Leméac/Actes Sud, 2014.

LA TRAVERSÉE DU MALHEUR, Leméac/Actes Sud, 2015.

LA DIASPORA DES DESROSIERS, Leméac/Actes Sud, coll. «Thesaurus», 2016.

CHRONIQUES DU PLATEAU-MONT-ROYAL

LA GROSSE FEMME D'À CÔTÉ EST ENCEINTE, Leméac, 1978; Babel, 1995; Nomades, 2015.

THÉRÈSE ET PIERRETTE À L'ÉCOLE DES SAINTS-ANGES, Leméac, 1980; Grasset, 1983; Babel, 1995; Nomades, 2016.

LA DUCHESSE ET LE ROTURIER, Leméac, 1982; Grasset, 1984; BQ, 1992.

DES NOUVELLES D'ÉDOUARD, Leméac, 1984; Babel, 1997; Nomades, 2016.

LE PREMIER QUARTIER DE LA LUNE, Leméac, 1989; Babel, 1999; Nomades, 2015.

UN OBJET DE BEAUTÉ, Leméac/Actes Sud, 1997; Babel, 2011; Nomades, 2016.

CHRONIQUES DU PLATEAU-MONT-ROYAL, Leméac/Actes Sud, coll. «Thesaurus», 2000.

MICHEL TREMBLAY

Victoire!

roman élégiaque

LEMÉAC / ACTES SUD

Leméac Éditeur remercie le gouvernement du Canada, le Conseil des arts du Canada, la Société de développement des entreprises culturelles du Québec (SODEC) et le Programme de crédit d'impôt pour l'édition de livres du Québec (Gestion SODEC) du soutien accordé à son programme de publication.

Canada

© LEMÉAC, 2020
ISBN 978-2-7609-1328-8

© ACTES SUD, 2020
pour la France, la Belgique et la Suisse
ISBN 978-2-330-14582-8

Imprimé au Canada

À Lise Bergevin
qui souhaitait lire un jour
un roman sur la jeunesse de Victoire

« La vérité, c'est la représentation,
la représentation, c'est la vérité. »

HARUKI MURAKAMI
Le meurtre du Commandeur

Lorsque je suis revenue à Preston, seul mon frère Josaphat m'attendait. Appuyé contre le chambranle de la porte de la maison paternelle. Pipe au bec. Petit rictus au coin des lèvres. Sept ans plus tôt, j'avais laissé un petit garçon échevelé et sale. Je retrouvais un homme fait échevelé et moins sale.

Je lui avais écrit de ne pas venir me chercher à Papineauville, que la révérende mère de la communauté des religieuses qui avaient modelé mon éducation depuis mes treize ans m'avait offert d'organiser mon retour jusqu'à Preston, ajoutant que mes deux sœurs enseignantes préférées pourraient, par permission exceptionnelle, aller me déposer à la porte de ma maison natale là-bas, si loin de tout sauf des tentations, dernier contact que j'aurais jamais avec elles. J'avais chaudement remercié la révérende mère, me demandant cependant ce qui me valait ce rare privilège. Signe d'affection chez une religieuse pourtant froide et plutôt sévère ? Dernière concession pour une élève brillante qui, pendant la dernière année, avait prétendu ne pas entendre l'appel de Dieu malgré les nombreuses discussions et les insistantes promesses de calme et de sérénité dans l'amour du Christ ? Ou fausse générosité davantage dictée par une certaine forme de mépris que par une affection vraie pour une élève ingrate ? Comme aurait dit maman : « Bon débarras, le diable s'en va ! »

Sœur Sainte-Appoline – notre tante –, celle qui avait offert à nos parents cette chance inouïe de faire de moi une jeune fille éduquée, et peut-être, sait-on jamais, une religieuse, fierté de toute famille canadienne-française, et sœur Marie-de-l'Incarnation, professeur émérite de français et que j'adorais, avaient donc traversé en ma compagnie une partie des Laurentides qui croulaient sous la chaleur du mois d'août. Noiraud, l'un des deux chevaux de la communauté, le plus jeune, le plus vigoureux, tirait la carriole en branlant la tête, ignorant des beautés, peut-être à cause de ses œillères, dans lesquelles nous avons été plongées pendant des heures.

Et c'est là, au milieu de la forêt qui sentait mon enfance et me mettait des picotements aux yeux, que j'ai appris que c'était notre tante elle-même qui avait émis le souhait de me ramener à Preston. J'ai d'abord craint qu'elle n'essaie une dernière fois de faire miroiter devant mes yeux une vocation que je savais depuis longtemps ne pas avoir – surtout après notre confrontation quelque temps avant mon départ –, mais non, c'était juste une vieille tante fière de sa nièce, sans doute encore plus fière de son propre geste généreux qui avait permis à une enfant brouillonne de devenir une jeune femme raisonnable, la fille de son frère qui, autrement, aurait vu ses capacités, ses talents, gaspillés au fin fond des bois, avec un mari alcoolique et des enfants criards et exigeants. Je lui fis remarquer que c'était ce qu'elle m'avait prédit quand je lui avais annoncé que je quittais le couvent et elle s'est contentée de me répondre : « Non, pas toi. Pas toi. »

Et, bien sûr, la conversation avait glissé vers les événements récents qui m'avaient plongée dans un maelström d'insupportables douleurs, et jetée au bord d'une dépression que je n'avais pu éviter que grâce à l'affection de mes compagnes et des religieuses. Pas leurs prières, non, j'en étais convaincue, leurs prières n'avaient servi à rien, mais leur affection, leur gentillesse, leur estime, leur délicatesse.

Mes parents étaient morts l'hiver précédent dans un incendie qui avait détruit la petite église d'un village voisin de Preston, à peine une bourgade de quelques dizaines de personnes, où habitaient le frère de papa et sa famille dans une masure sordide et d'une pauvreté navrante. L'église, aussi décatie que le reste du village, avait été complètement anéantie dans un feu déclenché par une seule petite chandelle d'arbre de Noël. Josaphat, par pure bravade et parce qu'il détestait tout ce qui touchait à l'Église catholique, avait refusé d'accompagner nos parents à la messe de minuit, ce soir-là, et ça lui avait sauvé la vie. J'ai entendu dire qu'il avait hurlé pendant des heures devant l'église écroulée, le poing levé et le blasphème haut. Le curé du village avait fini par le renvoyer chez nous après les funérailles auxquelles je n'avais pas pu assister parce que j'étais prostrée au fond de mon lit avec cent trois degrés de fièvre. Je hurlais que mes parents ne me le pardonneraient jamais du haut du ciel et sœur Sainte-Appoline faisait de son mieux pour me convaincre que j'avais tort, qu'ils étaient heureux. Pour toujours. À la droite de Dieu. Et qu'ils comprenaient que j'avais été trop malade pour me déplacer. Chaque fois, j'avais la même réponse : « Pendant qu'ils brûlaient, y étaient-tu heureux ? Hein ? C'était-tu le prix qu'y devaient payer pour être heureux ? À la droite de Dieu? Brûler vivants?» Et ce fut là la seule occasion où ma tante se retint de corriger mon français. Elle m'avait laissée utiliser ce qu'elle appelait le jargon de Preston avec ses scories et ses anglicismes de mauvais aloi, permettant ainsi, et je lui en sus gré, au naturel de revenir au galop après sept ans de déni imposé: «Ce n'est pas ainsi qu'on parle, Victoire, vous n'êtes plus au fond des bois, vous devez apprendre à vous exprimer plus que correctement, parfaitement, de façon à vous élever au-dessus de la mêlée des gens de basse extraction dont nous vous avons tirée.» Plus j'approchais de Preston, plus j'avais envie de reprendre l'accent de mes parents, de sortir un beau *batèche* bien senti ou bien un vrai blasphème tout rond qui jaillit de la bouche, comme une balle de fusil, dirigé vers le cœur de l'Église. C'est du moins ce que m'avait enseigné Josaphat pendant notre enfance, brebis noire que je chérissais plus que tout au monde et désespoir de nos parents trop aveuglés par les mensonges de l'Église pour ne pas avoir honte de ce fils rétif comme un cheval piqué par un taon.

L'aumônier aussi, pendant mes crises de fièvre, avait essayé de me calmer, de me raisonner, mais je l'avais presque envoyé paître et il était ressorti du dortoir rouge de confusion, sans doute convaincu d'avoir laissé se perdre une âme.

Quelque temps plus tard, Josaphat avait commencé à répondre à mes lettres. Les siennes étaient étonnamment bien écrites, claires, pleines de tendresse pour moi et, surtout, suppliantes: *Quand est-ce que tu reviens, tu dois être assez éduquée, là, le savoir doit te sortir par les oreilles, reviens donc gaspiller ici ce que tu as appris là-bas. Viens jouer à la sœur enseignante avec ton frère ignorant qui veut tout faire, même s'éduquer, pour oublier, en tout cas essayer, le gouffre dans lequel l'a plongé la maudite vie...* C'est cette phrase en particulier, pleine de détresse et de sous-entendus, qui m'avait convaincue de préparer mon retour à Preston, à mon frère, à ma vie d'avant. Sans mes parents. Seule avec un frère étrange dont maman disait toujours qu'elle ne savait bien pas d'où il était venu.

La révérende mère supérieure a sorti tout l'arsenal dont elle disposait pour me décourager et faire de moi une religieuse sage et obéissante : l'ingratitude, bien sûr – *après tout ce qu'on a fait pour vous*, les menaces voilées – *votre âme, avez-vous pensé à votre âme, Victoire, êtes-vous résignée à la perdre au fond des montagnes ?* Rien n'y fit, bien sûr, ma décision était prise, mon frère m'attendait et il avait besoin de mes soins. Je suis même allée jusqu'à dire à la supérieure, à ma grande honte d'ailleurs, ultime tentative pour la convaincre : *Il a une âme à sauver lui aussi, ma mère... et c'est peut-être là mon rôle...* Dans mon plus beau français. En roulant bien mes « r » comme on me l'avait enseigné. Et le coup a porté. Ou alors elle a abdiqué, je ne sais pas.

Assise entre les deux religieuses, l'arrière-train de Noiraud se balançant devant moi, je regardais la forêt qui nous encerclait à nous étouffer. Le chemin devant nous ressemblait à une coulée, un tunnel sans fin au bout duquel m'attendait quelque chose que j'aurais pu nommer destin, mais que je considérais plutôt comme l'avenir que je m'étais choisi. Pour le moment. La maison paternelle, mon frère, ensuite... Un mari ? Des enfants ? Je m'y voyais mal malgré mes vingt ans, l'âge semble-t-il où les jeunes filles rêvent ou, plutôt, *doivent* rêver à la famille idéale dans une maison idéale à l'ombre d'une église généreuse et protectrice. Plus tard, peut-être… En attendant je devais traverser un deuil que je n'avais pas pleinement vécu parce que trop éloignée de la tempête qui avait tout chamboulé. Et renouer avec un frère adoré, dorénavant mon seul parent dans une maison qui avait pourtant été pleine de rires, de cris et de chansons pendant si longtemps même si nous n'étions que quatre dans notre famille. Ma mère, pauvre elle, avait été critiquée par le curé de notre paroisse pour ne pas avoir eu plus de deux enfants dans un village où chaque femme devait donner naissance chaque année, sinon ça signifiait qu'elle piégeait son homme – comme l'avait fait Ève, notre mère à tous et la cause de tous nos maux – en le poussant à commettre le péché de luxure sans avoir l'intention d'en accepter les conséquences. Le docteur Boisclair avait dû rendre une visite au presbytère pour expliquer au curé Gagnon que ma mère, après m'avoir donné la vie, ne pouvait plus avoir d'enfants. Alors le curé Gagnon avait défendu à mes parents d'avoir des relations charnelles parce qu'elles étaient désormais stériles, donc inutiles, que c'était là une épreuve du bon Dieu qu'ils devaient accepter avec humilité, et qu'il leur refuserait l'absolution s'ils venaient se confesser du contraire. Mon père, Thomas-la-pipe, avait juré de ne jamais remettre les pieds à l'église et avait tenu parole. En tout cas jusqu'à cette nuit fatale qu'on pourrait interpréter de plusieurs façons. Quant à maman, elle avait déclaré qu'elle allait malgré tout rester la seule catholique du couple et avait, elle aussi, tenu parole. Mais on n'a jamais su ce qu'elle disait à confesse…

Le vert des arbres avait pâli depuis le début d'août, comme usé par le soleil. C'était désormais un vert mousse, poudreux, on aurait dit sans vie, en tout cas sans l'éclat émeraude de mai et de juin. J'ai même aperçu à quelques reprises des feuilles rouges – déjà! – au faîte de certains feuillus, premières taches de l'automne, premières traces de la rouille qui allait tout envahir, peindre les Laurentides en splendide bain de sang avant de les plonger dans les affres de l'hiver sans fin, six mois sans verdure, six mois de blanc qui aveugle et de froid qui tue.

Un magnifique chevreuil a traversé la route à la sortie de Chénéville. Calme, la démarche lente, il n'a même pas pris la peine de jeter un coup d'œil dans notre direction. Noiraud s'est arrêté, l'a salué d'un joli hennissement auquel l'autre n'a pas daigné répondre. Il nous a même laissé un énorme cadeau tout en boules sèches au milieu du chemin, peut-être pour nous signifier son mépris ou juste parce qu'il faisait ça n'importe où. Les religieuses ont ri en se cachant la bouche avec leurs mains. Noiraud est reparti en évitant avec soin la chose sur laquelle les oiseaux et les insectes se jetteraient bientôt avec grande excitation. Pendant quelques secondes, ça a senti les latrines du couvent et les deux religieuses ont baissé la tête. Noiraud, lui, comme inspiré par ce qu'il venait de voir, nous a gratifiées à son tour de quelques pommes de route bien odorantes.

La dernière trouée de verdure avant d'arriver à Preston a toujours été spectaculaire. Le faîte des arbres qui se referme sur le ciel, la domination des verts de toutes sortes dans ce tunnel naturel creusé à même la forêt, le silence presque oppressant, comme si les animaux et les insectes se taisaient par respect de la beauté du lieu et, au bout, cette tache de soleil qui marquait la fin des frondaisons et le début de ce que nous appelions la civilisation, j'ai retrouvé tout ça avec grande émotion. Mon enfance, nos incartades, Josaphat et moi, qui n'avions pourtant pas le droit d'aller plus loin que le village situé à un mille de la maison et qui ne pouvions pas résister à l'appel de ce lieu étrange, de l'autre côté de Preston, où toutes les légendes irlandaises que nous contait notre père risquaient de surgir des bosquets et des buissons en grandes parades de lutins, de gnomes, de fées, d'elfes et de trolls. Les heures passées à la recherche de leurs cachettes, les accroires qu'on se faisait quand le moindre animal faisait bruisser des feuilles, l'affolement quand on criait en même temps *en v'là une*! et que la fée en question s'avérait n'être qu'un de ces écureuils albinos en surabondance dans notre région! Mais l'écureuil albinos devenait vite la reine des fées et nous lui rendions hommage en nous prosternant devant elle. Le sandwich à la graisse de rôti partagé avec un peu d'eau puisée dans une crique. Et, souvent, cette petite sieste au milieu du monde des fées avec Josaphat qui pétait pour me faire enrager.

On aurait dit que Noiraud sentait mon émoi parce qu'il avait ralenti le pas. Ma tante avait beau l'encourager par des petits coups de rênes et quelques claquements de langue, il n'obéissait pas et avançait lentement au milieu de cette splendeur. Pour me laisser le temps d'apprécier ce si beau moment, j'en étais convaincue.

Sœur Marie-de-l'Incarnation avait dû passer une enfance qui ressemblait à la mienne parce qu'elle avait posé une main sur son cœur en buvant tout ce que ses yeux pouvaient absorber autour d'elle. Elle non plus n'avait pas dû voir depuis longtemps d'autre verdure que celle du potager de notre couvent.

En débouchant de la forêt, la première chose que nous avons vue était une banderole installée entre deux arbres et qui se balançait au-dessus de la route. On pouvait y lire en lettres majuscules : PLUS DE PRESTON ! BIENVENUE À DUHAMEL ! Tiens, cette bataille engagée depuis si longtemps n'avait pas encore été gagnée…

Pendant que nous débarquions de la carriole, Josaphat a traversé la galerie et descendu les quelques marches pour venir nous aider à transporter mes pourtant maigres bagages. Il m'a ouvert les bras, m'a serrée bien fort en me disant :

« Bienvenue, ma petite sœur, pour pas dire ma p'tite religieuse. »

Il sentait Preston, ou, plutôt, Duhamel. Un mélange d'odeurs corporelles d'homme en santé, de sous-bois marécageux, de fleurs des champs et de vêtements frais lavés pour une grande occasion. C'était la première fois que quelqu'un me serrait dans ses bras depuis sept ans et je serais restée là, collée contre la poitrine de mon frère, pour le reste de la journée.

Il s'est ensuite tourné vers sœur Sainte-Appoline.

« *Long time no see*, ma tante ! J'espère que vous allez passer quequ'jours avec nous autres ! »

Elle lui a donné une tape sur le bras en lui tendant la joue qu'il a gratifiée d'un grand bec mouillé et sonore.

« Nous devons partir immédiatement, Josaphat. Il faut être de retour pour la dernière prière !

— Voyons donc ! Vous avez pas fait tout ce chemin-là pour vous en retourner tu-suite ! On s'est pas vus depuis… j'sais pus trop quand… »

Elle lui a pincé la joue en souriant.

« Profite du retour de Victoire, Josaphat, c'est ça qui est important…

— Laissez-moi au moins vous faire une petite sandwich au porc frais pour la route…

— Nous ne mangeons pas de porc, Josaphat. »

Il a presque sursauté.

« Ben je vous plains ! Y a rien de meilleur au monde ! »

Ma tante s'est alors tournée vers moi.

« Pas d'effusions entre nous, Victoire. Je n'ai pas le droit de me laisser aller aux émotions qui me secoueraient si je te prenais dans mes bras. Tu as fait un choix, je te souhaite de ne jamais le regretter. Mais dis-toi bien que nous, nous te regretterons et que tu nous manqueras… »

Ultime tentative de chantage pour me faire changer d'idée ? Non. La bonne vieille maîtrise de soi, l'une des grandes règles de sa communauté.

Après un petit salut, les deux religieuses sont remontées dans la carriole. J'ai fait un signe de la main à sœur Sainte-Appoline qui m'a répondu d'un simple mouvement de la tête.

Je me suis rendu compte que sœur Sainte-Appoline n'avait pas pris la peine de présenter sœur Marie-de-l'Incarnation à mon frère, alors je l'ai fait. Sœur Marie-de-l'Incarnation a failli perdre connaissance de confusion et notre tante a fait claquer sa langue pour signifier à Noiraud qu'il était temps de bouger.

Josaphat a posé ses mains sur ses hanches comme il le faisait déjà enfant :

« Arrêtez-vous au moins à l'auberge du village pour prendre soin de votre joual ! Ayez pitié de lui si vous avez pas pitié de vous! Y a besoin d'eau! Y a besoin d'avoine! J'en ai *plenty* icitte, vous savez!»

Notre tante a hoché la tête encore une fois.

«C'était notre intention. Tu sauras que nous prenons soin de nos bêtes…»

Et j'ai vu mon frère Josaphat offrir en la cachant une poignée de sucre brun à Noiraud sous prétexte de lui gratter le museau. La bonne bête en a agité les oreilles de plaisir. Il lui a même chuchoté quelque chose. Sans doute une promesse d'eau, d'avoine et de repos.

Une tape sur la croupe et Noiraud est reparti, tête basse.

La première chose que m'a dite Josaphat quand la carriole est disparue passé le coude du chemin a été :

«T'as vraiment pas mangé de porc depuis sept ans?»

La maison! Ah, la maison! Sitôt la porte franchie, toutes les odeurs que j'avais si souvent tenté d'évoquer au couvent en fermant les yeux et en ouvrant les narines m'ont envahie d'un seul coup : le vieux bois du plancher, lavé, poncé, balayé depuis plus de cent ans par des générations de femmes à qui on avait dit que c'était leur rôle, la cire d'abeille qui protégeait la table de la cuisine, les milliers de repas qui avaient, chacun, laissé son fantôme de parfum, les lessives du mercredi qu'on laissait sécher à l'intérieur, l'hiver, et qui mettaient de l'humidité partout, le tabac à pipe fumé par une ribambelle de Thomas, de Thomas-le-fun, mon arrière-arrière-grand-père, à Thomas-la-pipe, le bien nommé, parce que son vieux fourneau d'écume, sa fierté, ne quittait jamais sa bouche, mon père. Une nouvelle, aussi, celle d'un homme qui vient de se retrouver seul, n'a pas encore apprivoisé la façon de tenir maison et a fini par abdiquer.

Et qui m'a dit, au bout de quelques secondes :

«Pose ton barda à terre, Victoire, tu vas te donner un tour de reins!»

J'ai déposé ma valise et rouvert les yeux que j'avais fermés pour mieux explorer l'air qui m'entourait.

«Ça sent tellement bon, Josaphat!

— Ça sent bon? Voyons donc, ça sent rien pan-toute!

— Tu vis dedans, Josaphat, tu le sens pus…

— À moins que ça soit les patates brunes que je viens de faire réchauffer au cas où t'aurais faim en arrivant… J'ai du jambon, aussi, Victoire, du jambon! Du porc! C'est moé qui l'a faite, pis j'te dis qu'y est jambon tout le tour!»

Il a eu ce sourire dévastateur qui faisait fondre les gens à qui il s'adressait, même les hommes les plus aguerris contre les sentiments, hélas nombreux dans notre coin de province où un mâle, un vrai, ne se laissait jamais aller aux émotions.

Soudain, alors que j'allais éclater de rire parce que je n'avais pas entendu l'expression *tout le tour* depuis des lustres, et aussi par pur bonheur d'être enfin revenue là où était ma place, à côté de mon frère, leur présence à eux s'est ajoutée aux odeurs persistantes de la maison. Forte. Ravageuse. Odette, si silencieuse – mais dont les colères, soudaines et terribles, faisaient trembler tout le monde –, qui portait un carré de camphre épinglé à sa camisole pendant tout l'hiver, ce qui faisait dire à mon père que lorsque ça ne sentait plus le camphre dans la maison, c'est que le printemps était revenu, Thomas-la-pipe, qui faisait claquer sa fabrique à boucane qu'il gardait dans la bouche même pour parler. Odette, la protectrice, celle qui savait consoler sans beaucoup parler, Thomas, le bavard, qui, lui, parlait sans arrêt et presque toujours pour ne rien dire. Tout se mêlait dans ma tête. Les journées de pluie passées à jouer sur ce même plancher avec Josaphat qui me tirait les couettes, moi qui lui donnais des claques derrière la tête et maman qui tricotait en nous menaçant de tout raconter à notre père, ce qu'elle n'a jamais fait. Les douze tartes aux pommes, les douze douzaines de beignes, le ragoût de pattes de cochon et la gigantesque dinde aux Fêtes – où prenaient-ils l'argent? –, au cas où on aurait de la visite et on en avait toujours, nombreuse et bruyante, les soirées d'été passées sur la véranda à écouter Thomas-la-pipe nous raconter les légendes de la chasse-galerie ou les sagas irlandaises héritées de sa mère, Maureen, mais interprétées, mimées, allongées et transformées par son père lui aussi appelé Thomas-la-pipe, en regardant le ciel trop étoilé, presque menaçant, la vie, enfin, la vie si paisible. Odette et Thomas-la-pipe, un couple dépareillé et sans pareil. Et que j'avais aimé – que j'aimais – avec passion. Partis. De façon atroce. De la pire des façons. Dans un lieu de culte où ils s'apprêtaient à fêter la naissance de leur Sauveur. Injustice irréparable, impardonnable, incompréhensible et digne de la pire des punitions, la mort de la foi. La mienne.

En quelques minutes, j'ai vécu l'épouvantable deuil dont on m'avait privée parce qu'on m'en avait gardée éloignée en novice obéissante que j'étais ou, plutôt, que je n'étais pas puisque je n'avais jamais eu l'intention de prendre le voile. J'ai été secouée par le désespoir, debout devant mon frère qui sentait que quelque chose d'important se produisait parce qu'il ne bougeait pas lui non plus et gardait le silence, les bras croisés, les sourcils froncés. Et qui a fini par me dire :

« Ça finit par partir, Victoire. En tout cas, en grande partie.

— En juste huit mois ?

— Les premiers sont les pires…

— Comment t'as fait pour vivre ici depuis Noël, Josaphat ?

— Sais-tu, je le sais pas… J'ai beaucoup braillé. J'ai beaucoup sacré. J'ai déshabillé l'église plusieurs fois pis je l'ai redécorée pour mieux recommencer… Tu devrais faire la même chose.

— Brailler oui, mais sacrer…

— Ça fait tellement de bien…

— Je sors de sept ans de couvent, Josaphat…

— Justement.

— Ce qui me ferait du bien, là, tu-suite, ça serait d'essayer d'aller dormir quequ'minutes… Après le voyagement…

— Tu penses que tu pourrais dormir ?

— Je pense que je devrais au moins essayer, torpinouche. »

J'ai esquissé un léger geste d'impuissance.

« Tu vois, je commence déjà à parler comme le monde d'ici…

— T'as pas dit icitte…

— Comme le monde d'icitte… »

Il m'a fait une petite révérence en me montrant l'escalier trop étroit qui menait à l'étage, terreur de mon enfance parce que Thomas-la-pipe n'y avait jamais installé de rampe.

« La chambre de madame est prête. Les draps sont propres mais froissés parce que moi, le repassage…

On refera connaissance pendant le souper, au-dessus de mon jambon pis de mes patates brunes… J'ai hâte de retrouver ma petite sœur même pas religieuse… Parce que pour le moment, ce que j'ai devant moé c'est une voyageuse ben fatiquée… »

Je savais laquelle des treize marches craquait, laquelle était plus étroite que les autres. Le palier me parut tellement plus petit, les portes des chambres plus basses. Par contre, celle de ma chambre ne grinçait plus. Papa avait donc attendu que je parte pour la huiler. À moins que ce ne soit Josaphat, la veille de mon retour…

Une toute petite chambre. Où j'avais fait de grands rêves.

En ouvrant la porte, j'ai fait un deuxième retour en arrière, sept longues années se sont désintégrées en une seconde et j'ai été étonnée de voir à côté de moi un adulte plutôt qu'un jeune garçon à la fois agité et rêveur. Je suis restée sous le chambranle, une valise dans une main et mon sac dans l'autre.

Josaphat a posé sa main sur mon épaule.

« Repose-toé. »

Dire que ma chambre était restée telle que je l'avais laissée sept ans plus tôt serait presque un euphémisme. J'ai déposé ma petite valise dans un musée. Mes poupées, mon ourson en peluche, mes trop peu nombreux livres étaient figés dans le temps, à l'endroit exact où je les avais laissés, ignorants des années qui n'avaient pas d'emprise sur eux, le sourire aux lèvres, les membres paralysés et, dans le cas de mes livres, sagement rangés sur les tablettes que mon père avait installées exprès pour eux et qu'il appelait ma bibliothèque sacrée. J'avais six ans et j'allais triturer les yeux en boutons de culotte de mon ourson pour essayer de comprendre comment on avait fait pour les coudre, ou alors j'en avais dix et je m'apprêtais à soulever la robe d'une poupée et lui enlever sa petite culotte pour, une fois de plus, m'étonner de son absence de sexe. J'avais un jour demandé à maman comment mes poupées faisaient pour faire pipi et elle m'avait répondu que comme elles ne buvaient pas, elles ne faisaient pas pipi, *pis arrête donc de te poser des questions niaiseuses comme ça! Les catins ça a pas de sexe pis ça en aura jamais! Tu parles d'une idée!*

Je savais que si j'ouvrais un tiroir de commode ou la porte de mon garde-robe je retrouverais la totalité du maigre trousseau que je possédais à mon départ de la maison, du linge de fillette qui a hâte de devenir une femme et qui bougonne chaque matin quand elle doit enfiler pour aller à l'école les vêtements dont elle a un peu honte parce que trop *bébés*. L'idée de ma mère? Pour me sentir près d'elle malgré tout? Ou l'avaient-ils décidé de concert, *au cas où elle reviendrait…* Un musée pour la fillette qui avait quitté la maison et qui allait devenir l'orgueil de la famille, une religieuse, pensez donc, un musée pour l'enfant qu'on avait perdu, qu'on avait donné, qu'on avait sacrifié, un don à la Sainte Église et peut-être à Dieu lui-même. *Vous savez, notre fille est religieuse pis on est ben fiers d'elle. Ah oui? Vraiment?*

La veille de mon départ, Thomas-la-pipe était venu me border et m'avait dit:

«Prends tout ça, cette belle chance-là, pour toé. Pour toé tu-seule, Victoire. Fais-le pas pour nous autres, pour nous sauver, écoute-les pas, laisse-les pas te pousser à choisir des choses que tu veux pas.

Y vont te donner ce qu'on aurait pas pu te donner, nous autres, une éducation complète. Fais-leur des accroires si y faut, conte-leur des mensonges, ça sera pas grave d'abord que tu vas apprendre des affaires qu'on connaîtra jamais nous autres... Deviens la fille la plus savante de Preston, pas une bonne sœur! Pis après, va-t'en d'icitte! Explorer le vaste monde. Si des prêtres venaient m'offrir la même chose pour Josaphat, je dirais oui tu-suite, J's'rais prêt à me briser le cœur une deuxième fois...»

Renonçant par pur épuisement à défaire ma valise, j'ai repoussé Cendrillon qui regardait en direction de la fenêtre depuis sept ans, et je me suis étendue sur le matelas trop mou que papa avait promis de remplacer par un tout neuf pendant des années. J'avais peur d'être incapable de dormir, de fixer le plafond sans pouvoir fermer l'œil, de ressentir encore pendant des heures les ressorts de la carriole, mais je me suis presque aussitôt endormie. Si j'ai rêvé, je ne m'en souviens pas.

Quand je me suis réveillée, je n'ai pas ouvert les yeux tout de suite. Parce que je ne savais pas où j'étais. Comme lorsqu'on fait une sieste en fin d'après-midi, l'hiver, et qu'on ne sait plus si c'est le matin ou le soir. (Au couvent, on avait le droit à une courte sieste, le samedi.) Le matelas était différent, plus mou, et une odeur de nourriture me chatouillait les narines alors que ça n'arrivait jamais au couvent, la cuisine étant située trop loin des dortoirs. Court moment de panique. Est-ce que je rêvais que je me réveillais? Au bout d'une dizaine de secondes, j'ai entrouvert un œil, celui qui dépassait de l'oreiller. Cendrillon gisait à quelques pouces de mon visage, avec son sourire figé et ses yeux sans lumière. Et sa robe de faux satin brunie avec le temps, sans doute brûlée par les rayons du soleil du matin qui effleurait mon lit. On aurait dit qu'elle riait de moi.

Preston! Duhamel, plutôt.

Le voyage à travers les montagnes.

Et Josaphat. Mon petit frère déjà un homme.

Puis sa voix est montée jusqu'à moi.

«Victoire! Souper!»

J'avais soif. Je me suis retournée dans le lit. Il avait posé un verre d'eau sur ma table de chevet pendant que je dormais. Et lorsque je me suis extirpée des draps, je me suis rendu compte qu'il avait aussi monté une cruche d'eau et une petite bassine accompagnées d'un savon et d'une débarbouillette. Pour mes ablutions. Qui furent courtes mais vivifiantes.

J'avais oublié le vacarme que faisait l'escalier lorsqu'on descendait de l'étage. Plaintes de bois trop sec malmené au fil des années par des enfants excités d'aller manger ou bougons d'avoir à se coucher.

Il m'attendait dans la cuisine, une énorme fourchette à la main.

«Ben dormi?

— Oui.

— T'as défaite ta valise?

— Non. Je ferai ça après le souper.

— Ça sent bon, hein? Dis-moé que ça sent bon.

— Ça sent bien bon, Josaphat. T'as vraiment l'intention de me faire manger du jambon?

— Et comment! Y vient directement de chez monsieur Lacasse pis j'te dis qu'y est pas piqué des vers.

— Y est toujours vivant, monsieur Lacasse?

— Oui, pis plus gros que jamais!»

Je me suis approchée de la grande table sur laquelle trônait un jambon déjà tranché beaucoup trop gros pour deux personnes.

«On va en avoir pour une semaine!

— En tout cas, on va en manger tant qu'y va en rester.

— Et si j'aime pas ça?

— Ça se peut pas.

— C'est vrai que dans le temps…

— Dans le temps, ma petite fille, le jambon, chaud ou frette, le ragoût de boulettes, le ragoût de pattes de cochon, le boudin pis même les oreilles de Christ te faisaient sauter de joie quand t'en voyais!

— Exagère pas…»

Il a tiré une chaise, ma chaise, et j'ai repris ma place habituelle.

«J'exagère pas. Pis tu le sais très bien.»

Puis il a semblé se raviser. Et m'a montré un coin de la cuisine.

«Ah, j'oubliais. Lève-toé, viens voir. R'garde ce que j'ai faite.»

J'ai d'abord cru qu'il avait construit un énorme garde-manger dans l'un des coins de la cuisine, une espèce d'armoire en bois de pin munie d'une porte.

Je l'ai suivi en fronçant les sourcils. Nous avions déjà un garde-manger, c'était suffisant pour deux personnes, qu'est-ce que nous allions faire de tout cet espace?

«J'ai décidé de bâtir des bécosses dans la maison! Viens voir!»

Il a ouvert la porte.

Ce qui aurait pu être une grande dépense n'était en fait qu'une toute petite pièce pourvue d'une chaise percée posée sur un seau d'eau.

«On a pus besoin de sortir pour faire nos besoins! C'est commode, hein? Surtout l'hiver! On a pus besoin de se faire geler le fessier en pleine nuit, Victoire!

— On a nos pots de chambre, Josaphat.

— Y servent pus à rien! On peut descendre icitte n'importe quand pendant la nuit!

— Penses-tu que j'vas être capable de venir ici en te sachant dans la maison, Josaphat?

— Tu vas t'habituer! Pense à toutes les fois que t'as été obligée de sortir de la maison, d'en faire le tour pour te rendre dans c'te place puante là!

— Ça va être pire si ça sent dans la maison, non?

— J'sors la chaudière tous les jours! J'vas la vider derrière la maison pis la forêt est ben contente!

— Mais c'est à côté de la table de la cuisine!

— C't'à l'autre bout de la cuisine, exagère pas! Pis c'est le progrès!

— C'est le progrès de faire ça dans la maison?

— Ben oui! Le vingtième siècle s'en vient dans deux ans, y a ben des affaires qui vont changer, t'sais!»

Il a pris un air piteux et a haussé les épaules.

«Si tu veux pas t'en servir, t'es ben libre, hein… J'vas les garder pour moé, les bécosses, c'est toute.»

Un petit garçon de huit ans qu'on vient de chicaner.

«J'vais y penser, Josaphat, j'vais… j'vais essayer… Pis en plus tu me montres ça juste avant qu'on mange!»

Il a ri de bon cœur.

«C'est vrai que j'aurais pu attendre un autre moment… Mais j'avais hâte de te montrer ça parce que j'en suis fier! C'est mon idée, pis chus sûr que personne d'autre à Duhamel y a pensé avant moé!

On est les seuls, les seuls, Victoire, à avoir des toilettes dans la maison! En tout cas. En attendant, viens goûter au meilleur jambon des Laurentides. »

Au couvent, ça s'appelait des cabinets d'aisances, ou des latrines, c'était situé à l'autre bout de l'immense bâtisse et c'était un sujet tabou. Quand nous avions besoin de nous y rendre, nous devions sortir le petit mouchoir glissé dans la manche gauche de notre uniforme et le montrer à une religieuse qui, chaque fois, fronçait les sourcils comme si nous commettions une grave faute de bienséance avant de nous faire signe de nous retirer. Il ne fallait *jamais* en faire mention à haute voix. Les *basses fonctions*, comme les appelaient les religieuses en plissant le nez, étaient honteuses et devaient être tues. Quant aux religieuses elles-mêmes, je n'ai jamais su où elles faisaient ça.

Le jambon. J'en aurais mangé jusqu'au lendemain matin. Comment avais-je pu m'en passer si longtemps? Après sept années d'insipides soupes au barley – au couvent on m'aurait reprise: *de l'orge, Victoire, de l'orge* – où flottait de temps en temps un minuscule morceau de viande, mais jamais du porc, ordinairement du poulet fade bouilli trop longtemps et de petites portions de patates, le tout sans beurre et sans sel, cette viande filandreuse au goût si prononcé et si savoureux entourée de son succulent gras tout blanc m'a fait monter les larmes aux yeux. Les patates brunes qui avaient mijoté dans le jus d'un rôti de porc pendant des heures firent aussi ma joie. Je devais me retenir pour ne pas m'empiffrer. Et, à la deuxième tranche de viande bien épaisse, je me suis rendu compte que je n'avais pas fait ma prière!

J'ai senti comme une délivrance : pour la première fois depuis bien longtemps, je ne risquais pas de me faire chicaner et traiter de gourmande.

Jusqu'à ce que je pense à eux. Les absents. Papa qui avait enfin daigné retirer sa pipe de sa bouche et qui engloutissait tout, on aurait dit sans prendre la peine d'y goûter, maman affairée autour de la table, s'assurant que tout le monde était servi et bien servi, les farces plates de Josaphat, le rire de papa qui l'avait toujours trouvé drôle, les claques derrière la tête dont maman le gratifiait s'il dépassait les bornes de la décence, ce qu'il faisait souvent et avec grand plaisir.

« Tu manges pus, Victoire ?

— Oui, oui, chuis juste un peu essoufflée…

— Tu penses à eux autres, hein ?

— Comment tu veux que j'y pense pas ?

— Si tu veux, on va en parler après le souper. En attendant, mange donc. Pis dis-toé que ça va être comme ça tous les jours… Tu vas voir que j'vas t'engraisser, moé, t'es maigre comme un clou… Y vous nourrissaient pas dans c'te couvent-là ?

— Y nous nourrissaient juste assez pour qu'on meure pas de faim.

— Pis t'aimais ça, pas manger, comme ça ?

— J'aimais c'qu'on m'enseignait, Josaphat… J'étais là pour apprendre, pas pour manger.

— Moé aussi j'aurais aimé ça apprendre c'que t'as appris. Mais j'aurais pas été capable de pas manger, par exemple. »

Il a eu un petit air triste qui cachait quelque chose.

« Ben oui, t'aurais été capable. J'te connais.

— De toute façon, moé aussi j'en ai appris des affaires…

— J'espère bien… »

— Quand tu vas t'être reposée demain, j'vas avoir une surprise pour toé. Une grosse surprise. »

Je n'ai pas touché au dessert, mais Josaphat a enfourné une énorme portion de poutine au pain – quel plaisir de retrouver le mot poutine après le *pudding* imposé par les religieuses – arrosée de sirop d'érable. Ce que j'avais devant moi n'était pas un pudding au pain, mais bien une poutine au pain, improvisée sans recette, l'invention de plusieurs générations de femmes qui ne savaient pas lire et qui avaient cependant une grande capacité d'improvisation. Rien de ce que j'avais mangé durant mon enfance ne venait d'un livre. Comme ce que j'allais désormais manger et qui serait l'œuvre de mon frère. Ce que j'allais cuisiner, moi, viendrait cependant de mes fastidieux cours d'art ménager où on nous enseignait d'abord l'économie. L'économie maigre, pas la grasse pratiquée au fond des campagnes. J'avais donc l'intention de désapprendre le plus vite possible ce côté-là de mon éducation et de me lancer dans la graisse de rôti, la tête fromagée et le beurre frais.

Je l'ai observé pendant qu'il mangeait. Le rose de ses joues de gourmand. Le pétillement au fond de ses yeux. On aurait dit qu'il venait de faire une de ses plaisanteries douteuses et qu'il en appréciait l'effet, mais non, c'était juste Josaphat qui mangeait une poutine au pain. À ce moment précis il était exactement le petit garçon que j'avais quitté sept ans plus tôt.

Je me suis essuyé la bouche, j'ai déposé ma serviette à côté de mon assiette.

« J'ai quelque chose à te demander, Josaphat.

— Vas-y, gêne-toi pas.

— De quoi tu vis ? »

Il a relevé la tête sans abandonner son sourire benoît.

«J'fais comme papa. Notre terre est grande, j'la loue aux voisins. Ça paye ben. Comme lui, j'ai pas de talent pour être un habitant qui a de l'allure. Les animaux que tu vas voir devant la maison, demain, sont pas à nous autres, mais le lait, la crème, le fromage pis la viande viennent de là. Pis ce qui a poussé tout l'été de l'autre côté de la route est pas à nous autres non plus. Mais le blé pour faire la farine pis les céréales que tu vas manger le matin viennent aussi de là.

— Et qu'est-ce que tu fais de tes grandes journées?

— Les Laurentides sont grandes, Victoire, y a toujours de quoi s'occuper.

— Tu braconnes quand même pas…

— Ça pis ben d'autres choses. Les possibilités sont infinies, si tu savais…

— T'es resté le rêveur que t'as toujours été…

— Chus resté le rêveur que t'as toujours aimé.

— Et comment tu fais pour rester maigre comme un clou si tu manges comme ça tous les jours?

— Les Laurentides, Victoire, les Laurentides! Ça raffermit le mollet, pis ça garde le ventre plat!»

Le soleil se couche encore tard en août et il disparaissait à peine derrière les montagnes lorsque, la vaisselle faite, nous nous sommes installés sur la galerie, moi dans la chaise berçante de maman, Josaphat assis sur la marche du haut du large escalier qui descendait vers la pelouse toujours piquée de fleurs de trèfle. Pipe au bec, il regardait les ultimes lueurs du ciel se transformer avant de disparaître.

L'heure bleue approchait, bientôt suivie de ce que notre père appelait *entre chien et loup*, cette courte période où tout est gris et qui m'a tant terrorisée pendant si longtemps parce que je croyais, allez savoir pourquoi, que la totalité de ce qui était mauvais y était possible.

Un troupeau de petits nuages sillonnait le ciel, le ventre éclairé par les derniers rayons du soleil. Maman aurait dit que le bon Dieu promenait ses moutons. Ils passèrent du doré au rouge sang, puis à ce rose de plus en plus pâle qui s'éteindrait au fur et à mesure que la nuit envahirait tout.

Josaphat a retiré sa pipe de sa bouche, a tourné le tuyau en direction du ciel et a dit la plus belle chose que j'avais jamais entendue. Il a dit :

« R'garde, Victoire, le bas du temps est rose. »

De toute évidence il n'était pas conscient de la beauté de ce qu'il venait de dire. C'était là une simple constatation dans ses mots à lui de ce qu'il avait devant les yeux. Il a remis sa pipe dans sa bouche et est retombé dans ses pensées.

Je le voyais de profil. Avant que son visage ne disparaisse dans l'encre de la nuit, j'ai profité de ce qu'il ne me regardait pas pour l'examiner. Mon souvenir avec sept ans de plus. Le menton, la bouche, le nez, le front, tout s'était développé en gardant le même aspect. Plus de barbe, bien sûr, le froncement de sourcils de quelqu'un qui vient de vivre un grand malheur, une espèce de mélancolie dans le regard, aussi, qui lui donnait du caractère. C'était le même profil avec, quoi ? De l'expérience, du vécu, de la sagesse ? J'étais pourtant convaincue que Josaphat était tout, sauf sage, même si je ne l'avais pas vu depuis sept ans. Et, chose que j'avais occultée de mon esprit et qui me revenait tout d'un coup, il était d'une grande beauté. De bel enfant il s'était transformé en bel homme. Quand il était petit, on disait toujours de lui : *Ah, le beau bonhomme, t'es ben beau, donc, toé, j'te dis que tu vas en faire pleurer, des filles, quand tu vas être grand!* Il se contentait de rougir en détournant le regard. Il m'avait même dit un jour que ça l'insultait un peu qu'on le trouve beau, et quand je lui avais demandé pourquoi, il m'avait répondu que la beauté c'était pour les filles. Je lui avais donné une poussée en répondant que tous les petits gars n'étaient pas obligés d'avoir l'air d'une chenille à poils! Il avait beaucoup ri. Et j'avais compris qu'il aurait, en effet, préféré avoir l'air d'une chenille à poils, expression favorite de notre mère pour parler des gens qu'elle ne trouvait pas beaux.

« Pourquoi tu me regardes comme ça ? »

Il en était donc conscient.

« J't'ai pas vu depuis tellement longtemps, Josaphat…

— J'ai-tu ben changé ?

— T'es encore moins chenille à poils qu'avant… »

Un beau grand rire, la tête renversée, la bouche ouverte.

« Donc, ça veut dire que chus pas pire ?

— T'es superbe, comme toujours, Josaphat.

— Superbe! On dirait que tu viens de passer des années dans un couvent sans voir un homme, toé! »

Je ne le voyais plus. Il était à peine à trois pieds de moi et je ne le voyais plus. J'ai senti un mouvement dans l'obscurité. Il s'était levé.

« J'vas aller nous chercher des vestes de laine. Le cru va tomber d'une minute à l'autre… »

La porte moustiquaire qui claque.

L'humidité commençait en effet à peser sur mes épaules, l'humidité des montagnes, des forêts, qui vous transperce et vous empêche presque de respirer. Et qui peut vous déclencher une pneumonie en quelques minutes.

Il est revenu au bout d'un moment..

«Tiens, mets ça, ça va te réchauffer en quequ' secondes…»

Une veste d'homme qui sentait la pipe, la sueur et la laine mal entretenue. Mais si chaude, si enveloppante. C'est donc dans les odeurs de mon frère que j'ai repris ma place.

«On peut rentrer, si tu veux… As-tu frette?

— Non, j'aime ça, ici, sur la galerie, à la grande noirceur…

— Victoire… icitte…

— C'est vrai… icitte, à la noirceur…»

Nous avons ri.

«Tu peux dire ce que tu veux, comme tu veux, hein, je disais ça juste pour t'étriver.

— Le parler de par-icitte va vite me revenir, tu vas voir…

— T'es pas obligée à c't'heure que t'as de l'éducation. Tu peux parler comme parle la femme du maire, si tu veux.

— Y a des mots qui m'ont été enfoncés dans la gorge de force, Josaphat, ça va me faire plaisir de les oublier… Mais laisse-moi le temps. Ou ben aimes-tu mieux laisse-moé le temps?

— J'comprends les deux…»

Un long silence s'est installé entre nous. J'étais sûre que nous pensions à la même chose: ce que je lui avais demandé avant le repas.

«T'es ben silencieuse, tout d'un coup, Victoire…»

J'ai posé mes deux mains sur les accoudoirs de la chaise pour me donner du courage parce que je savais que les minutes qui allaient suivre seraient sans doute douloureuses.

« Parle-moi du feu, Josaphat…

— T'es sûre que tu veux entendre ça?

— Oui.

— Ça va faire mal…

— Personne m'a rien dit, au couvent, juste que mes parents étaient morts dans un incendie… Et toi tu restais vague dans tes lettres… Ça fait des mois que je me pose des questions, Josaphat…

— Bon. Écoute ben ça. »

« D'abord, faut que tu comprennes que je pouvais pas t'écrire ça. J'étais pas capable… J'avais pas la force pis j'aurais pas trouvé les mots. Écoute… Tu sais que j'ai toujours haï aller à la messe, même enfant. Tu te rappelles, quand on était petits, je traînais de la patte en me rendant à l'église, j'me lamentais tout le long de la messe pis papa finissait par me donner des claques derrière le tête en pleine cérémonie… Ça fait qu'imagine la messe de minuit… »

Mes yeux avaient fini par s'habituer à la noirceur et je l'ai vu sortir un grand mouchoir de sa poche de pantalon. Il s'est essuyé les yeux, s'est mouché. Le mouchoir virevoltait dans le noir comme un petit fantôme blanc.

« À Noël passé on était, papa, maman pis moé, en visite chez mon oncle Zeff pis ma tante Berthe. Maman a ben insisté pour que je les accompagne à l'église, ce soir-là, pour pas que ma tante Berthe pis mon oncle Zeff pensent que j'étais un païen, mais j'ai rien voulu savoir. J'y ai dit que je les attendrais avec un petit verre de caribou pis, évidemment, j'les ai attendus avec un grand verre de caribou. Qui, ben sûr, m'a assommé raide. Ça fait que j'me sus endormi sus le sofa oùsque je devais passer la nuit. J'ai rien vu, Victoire, j'ai rien entendu! J'ai dormi toute la nuit pendant que le plus grand des malheurs se passait tout proche! J'ai pas senti la fumée, j'ai pas entendu l'explosion, j'ai pas entendu l'église qui s'écroulait, rien, parce que j'étais trop paqueté…»

Il a eu un sanglot. Je n'ai pas osé lui parler. Je l'ai laissé reprendre son souffle. Une chauve-souris est passée tout près de moi et j'ai sursauté.

«Quand j'me sus réveillé au matin, j'ai trouvé la maison ben tranquille, mais j'me sus dit que j'avais trop bu trop vite pis que le réveillon s'était passé sans que j'entende rien. Chus sorti dehors pour aller aux bécosses, pis en ouvrant la porte… Tu peux pas savoir! C'que ça sentait! L'église était pas loin de la maison, pis le vent… La senteur m'a sauté à la gorge pis chus aussitôt rentré dans le salon en pensant qu'une maison avait passé au feu pendant que je dormais pis que tout le monde était parti aider les sinistrés. Chus ressorti en retenant ma respiration… Y avait pus d'église! Y avait pus d'église, juste… juste un tas de… des décombres, Victoire! Des piles de décombres noires empilées les unes sus les autres, avec de la fumée qui montait, y avait encore de la fumée, Victoire! Les genoux m'ont plié pis chus tombé à genoux sur la galerie. Parce que là-dedans… Chus rentré en courant, j'ai fait le tour de la maison, j'ai regardé partout, j'ai ouvert toutes les chambres. Y avait personne! Y étaient jamais revenus! J'ai mis mon parka, mes bottes, pis j'ai couru comme un fou! Arrivé devant l'église, tout ce que j'ai pensé c'est que maman pis papa étaient là-dedans! En dessous de tout ça! Mes parents que j'aimais tant! J'ai tellement crié, Victoire, j'ai tellement hurlé! J'courais comme un fou devant l'église pis je hurlais! Pis j'ai fini par m'écraser à terre. Personne avait pu les sauver parce que tout le monde, tout le village, était dans l'église! Les pompiers volontaires ont même pas eu le temps de réagir! Sont morts avec les autres! Y a une femme, une des seules personnes survivantes, qui est venue m'aider à me relever pis qui m'a conté ce qui s'était passé. C'tait un feu d'arbre de Noël comme ça arrive presque chaque année dans presque chaque village. Les chandelles avaient mis le feu à l'arbre de Noël déjà trop sec pis le feu avait pas pris une minute pour se propager parce que le bois de l'église était trop vieux pis trop sec! Y a juste ceux qui étaient dans les derniers bancs qui ont pu se sauver, mais en ouvrant la porte y ont produit un courant d'air qui a attisé encore plus le feu. Je criais, je pleurais pendant que la femme me parlait, je disais mes parents, mes parents sont là, mes parents sont là, connaissez-vous mes parents? C'est de la visite, sont pas d'icitte. Pis... tout ce qui me restait... le seul espoir qui me restait c'était qu'y étaient morts étouffés par la fumée avant de prendre en feu! Avant de prendre en feu, Victoire! Nos parents avaient brûlé! Pis quand la femme m'a dit que le curé s'était sauvé par la sacristie suivi du bedeau qui connaissait lui aussi la deuxième sortie, sans rien dire, sans avertir le monde, sans crier à personne de le suivre, le maudit lâche, chus parti en courant vers le presbytère pis j'me sus mis à sacrer pis à crier des bêtises au curé qui restait caché dans sa belle maison, lui qui avait laissé crever sa paroisse au grand complet sans rien dire! Tous les sacres que je connaissais sont sortis, pis plusieurs fois, j'y disais de sortir, de venir me regarder dans les yeux si y était capable, mais y était trop lâche! J'ai juste vu le rideau du salon bouger à un moment donné pis une main, une main avec une crisse de grosse bague qui me bénissait! Y a osé me bénir, le tabarnac! C'est tout ce qu'y a trouvé à faire! Ça fait que j'ai continué à l'insulter! Y paraît que ça a duré des heures mais je m'en rappelle pas. Le reste… le reste… Victoire, y ont été obligés de jeter tous les corps dans une fosse commune parce qu'y étaient pas capables de les différencier! Y ont creusé une grosse fosse dans le cimetière parce que la terre était pas encore trop gelée, pis y ont jeté les corps pêle-mêle, comme des pestiférés. Le pire, Victoire, c'est que le maudit curé, qui était venu célébrer des funérailles sans morts à l'église de Duhamel, l'église la plus proche de son village, pis où j'étais allé en espérant trouver un peu de paix, le maudit curé a osé venir m'engueuler parce que j'y avais crié des bêtises le lendemain du feu pis me renvoyer chez nous en disant que je méritais d'être excommunié d'avoir insulté un curé de paroisse! J'avais jamais pensé que j'irais un jour jusqu'à péter la fraise d'un prêtre, mais c'te fois-là je l'ai faite. Pis sais-tu quoi? C'est moé que le monde regarde de travers à Duhamel depuis ce jour-là… C'est moé le méchant! C'est moé le mécréant!»

Il s'est levé, a descendu les marches, a disparu dans l'obscurité.

«À c't'heure, c'est un village fantôme. Y paraît que des quêteux se sont réfugiés dans les maisons abandonnées. Le curé a disparu, rappelé par la sainte Église catholique, je suppose. Y doit être en villégiature queque'part, peut-être même à Rome, pour le consoler du grand malheur qui l'a frappé. Tabarnac! Y leur a-tu dit qu'y était un lâche? Ben non, y a joué la victime pis y l'ont récompensé! Pendant que moé je me morfonds depuis huit mois, pis que je fais tout ce que je peux pour pas tomber tou'es jours dans la boisson! C'est pour ça que j'étais si content quand tu m'as écrit que tu revenais. J'ai pensé qu'on pourrait essayer de se sortir de ça ensemble. Pas nécessairement en en parlant, mais… Aide-moé, Victoire! Pis si t'as besoin d'aide, chus là.»

J'ai descendu le petit escalier à mon tour et j'ai pris mon frère dans mes bras pendant que les chauves-souris continuaient à voleter autour de nous.

L'immense coupole du ciel nocturne non plus je ne l'avais pas vue depuis longtemps. Lorsque Josaphat est rentré dans la maison après avoir beaucoup pleuré – *reste pas là, Victoire, tu vas geler, ben non, chuis très bien dans ta veste, tu vas avoir froid aux jambes, ma jupe traîne à terre, Josaphat, en tout cas, si t'attrapes un coup de mort, viens pas te plaindre à moé, non, maman* –, je suis restée assise en haut des marches de l'escalier. J'ai serré ma jupe autour de mes jambes pour en faire une espèce de manchon, j'ai glissé mes mains dans les manches de la veste de laine comme j'étais souvent obligée de le faire pendant les cours, au couvent, les jours d'hiver où il faisait trop froid parce que le chauffage des classes était mesquin. Et j'ai levé la tête.

Papa n'a jamais utilisé l'image du grand drap noir piqué de clous d'or pour parler du ciel, non, il a toujours essayé de nous décrire la grandeur incalculable de l'univers, sa profondeur, l'incompréhension qu'on en avait et qu'on en aurait sans doute toujours. Il était presque illettré, comme la plupart des hommes de son âge au fond de la Gatineau, mais il avait eu la chance d'hériter de son père – ou, plutôt, de la maison – une vieille encyclopédie qu'on aurait dit toute neuve parce que jamais consultée, qu'un marchand ambulant avait dû vendre à un quelconque membre de sa famille et qui était vite devenue sa grande passion. Il l'avait trouvée au grenier sous un vieux matelas, toujours enfermée dans sa boîte d'origine, sa tranche bleue – pour la version française – frappée au fer chaud avec un lettrage doré. Quand il pouvait trouver un moment, le soir, après le souper, il sortait un des douze tomes, l'approchait de la lampe à huile posée sur la table de la cuisine et se jetait au hasard dans un article sur n'importe quoi ou n'importe qui. Tout l'intéressait. Il avait de la difficulté à lire, butait sur les mots qu'il ne connaissait pas, on l'entendait même souvent ânonner à haute voix en épelant un mot qui lui échappait, mais il se rendait toujours jusqu'au bout pour ensuite venir nous raconter, triomphant, la mort de Marie-Antoinette ou l'Invincible Armada. Il ne comprenait presque jamais les implications de ce qu'il lisait, leur provenance historique ou leur importance dans l'histoire du monde, mais chaque article était pour lui un récit, un conte, qu'il mettait peut-être sur le même pied que les légendes irlandaises de sa mère et qu'il reproduisait avec force gestes et une belle et tonitruante voix de conteur. J'ai vu la tête de Marie-Antoinette tomber dans le panier d'osier et la flotte d'Élisabeth Ire vaincre celle de Philippe II d'Espagne. Il jouait le bourreau et sa victime, les deux flottes, la tempête, l'anéantissement des navires de guerre. Il ne savait rien de la Révolution française ou de la guerre anglo-espagnole, ce qui comptait pour lui c'était l'anecdote, la foule des Parisiens réunis sur la place de la Révolution pour assister à l'exécution de la veuve Capet ou la tempête qui avait failli engloutir les deux flottes ennemies.

Mais sa grande découverte fut un très long article étalé sur plusieurs pages au sujet du ciel et ce qu'il contenait. Il y avait passé des soirées complètes, sortant souvent de la maison pour lever la tête en sacrant d'étonnement – *attendez que je vous conte ça, vous en reviendrez pas* –, se replongeant ensuite dans le texte touffu, sans doute trop savant pour lui, et les photos qu'il flattait amoureusement de la main. Ce qu'il nous décrivait ensuite – nous sortions des couvertures, l'été, et nous nous étendions dessus pour, comme il le disait lui-même, contempler le plus grand mystère du monde – n'avait probablement rien à voir avec ce qu'il avait lu, mais c'était toujours passionnant et, surtout, imagé. Passé la Grande et la Petite Ourse faciles à repérer, il mélangeait tout mais excellait à nous expliquer à sa façon la profondeur insondable de ce que nous avions sous les yeux, son âge inconnu et incompréhensible, la rotation de la Terre qui nous faisait penser que le ciel bougeait, les étoiles filantes et les phases de la Lune. Il adorait les noms des planètes et des galaxies, en particulier Andromède dont il pré-tendait que c'était le nom d'une méchante fée qui se cachait dans les profondeurs du firmament – à quatre cent vingt-sept années-lumière de la Terre pensez donc ! – parce qu'elle avait honte de ses mauvais coups et craignait la vengeance de ses victimes. Encore une fois il cédait à son imagination et mélangeait avec un évident plaisir fables et astronomie. Nous buvions ses paroles, même maman qui aurait pourtant préféré se réfugier dans ce que lui avait enseigné sa religion parce que c'était plus simple et plus facile. Elle se contentait parfois de claquer la langue quand elle trouvait qu'il exagérait – une fée dans le fin fond du ciel, franchement! –, mais la plupart du temps elle se laissait elle aussi aller à la beauté de ce que son Thomas racontait. (Je ne l'ai d'ailleurs jamais entendue l'appeler Thomas-la-pipe. Pour elle, c'était Thomas tout court. Peut-être une façon de se le réapproprier. Thomas-la-pipe c'était pour tout le monde, Thomas tout court pour elle seule.) La séance terminée, il faisait une pirouette, saluait, et retournait se plonger dans son encyclopédie pendant que nous restions là, Josaphat et moi, les yeux perdus dans l'immensité et la peur au ventre. La peur d'être écrasés sous tout ça si par malheur le ciel s'écroulait sur nous parce que papa disait qu'il allait peut-être un jour cesser d'exister. Toujours selon son encyclopédie. Il nous avait aussi parlé des dinosaures et nous avions peur que la même chose nous arrive. Un cataclysme venu du ciel. Après un voyage de quatre cent vingt-sept années-lumière.

Je me suis levée, j'ai descendu les quelques marches de bois et j'ai levé la tête.

Papa disait qu'il fallait contempler le ciel pendant les nuits sans lune parce que l'éclat des étoiles n'était pas absorbé par sa lumière trop forte, qu'on les voyait mieux, qu'on les voyait toutes. Ce soir-là il n'y avait qu'un petit croissant de lune – autre citation de maman : le bon Dieu s'est coupé un ongle d'orteil – qui était d'ailleurs en train de se coucher derrière les montagnes que je devinais sans les voir. Au-dessus de moi, une myriade de petites lumières ; autour de moi, l'obscurité totale. Je suis longtemps restée immobile à regarder le ciel bouger, enveloppée, réfugiée dans les odeurs de mon frère. En pensant à cette horreur, le feu, le feu d'une nuit de Noël qui avait tué la moitié de ma famille. À cette église de bois où j'aurais été, moi aussi, somnolente et un peu écœurée par l'odeur de l'encens, une proie facile pour le Dieu vengeur et cruel, pas magnanime et au pardon facile auquel on m'avait obligée à croire depuis que j'étais née. J'étais trop épuisée pour m'engager une fois de plus sur la route qui menait aux doutes qui m'assaillaient depuis quelque temps, je me suis contentée de hausser les épaules et de rester, vide de toute pensée, devant les splendeurs de la nuit noire.

Ma dernière conversation avec ma tante avait été plutôt difficile. Nous nous étions installées dans le parloir, l'endroit le plus impersonnel du couvent, une pièce tout en longueur avec pour seuls ornements un crucifix et une plante grasse qui s'étiolait dans un coin. Nous avions rapproché deux chaises droites, massives, en bois verni. Ma tante avait glissé ses mains dans ses manches d'uniforme, j'avais posé les miennes bien à plat sur mes cuisses. Je portais moi aussi un uniforme, celui des novices, même si je ne m'étais jamais considérée comme une candidate sérieuse à la vie religieuse, à la différence de mes compagnes, depuis sept ans.

« Tu n'as donc pas changé d'idée.

— Non, ma tante.

— Nous fondions pourtant sur toi de grands espoirs. »

Elle parlait comme toutes les religieuses de sa communauté. Les « r » bien roulés et bien ronds, chaque syllabe parfaitement énoncée et détachée de la précédente, ce qui avait pour effet de découper les mots en valeurs égales sans accent tonique. On avait essayé de m'inculquer cette façon recto tono de parler au fil des années, mais la fille de la campagne en moi avait résisté et il m'arrivait encore, de la part de certains professeurs, de me faire reprocher de parler comme une paysanne. Ce que je n'avais jamais cessé d'être et qui ne me dérangeait en aucune façon.

«Je n'ai jamais prétendu vouloir entrer dans les ordres, ma tante. Vous m'avez accueillie ici pour parfaire mon éducation, en tout cas, c'est ce que vous avez dit à mes parents… Ce que vous m'avez enseigné m'a… m'a ouvert des horizons, comme dirait sœur Marie-de-l'Incarnation, je suis très reconnaissante de tout ce que j'ai appris ici, mais jamais, jamais…

— Tu nous l'avais cependant laissé croire…

— Pantoute!»

C'était sorti tout seul. La vraie moi. Ma tante a rougi.

«Je vois qu'aussitôt sortie d'ici ton naturel va revenir au grand galop!»

J'avais fait des efforts pour ne pas rougir à mon tour, mais la chaleur que je sentais derrière mes oreilles me suggérait que j'avais échoué.

«Qu'est-ce que tu vas faire à Preston avec tout ce qu'on t'a enseigné, Victoire?

— Vous avez passé sept ans à me dire, ici, ma tante, que tout ce qu'on apprend dans la vie est toujours utile. Que la connaissance grandit. Je sais beaucoup plus de choses que lorsque je suis arrivée ici, c'est vrai, et ça fait de moi une femme renseignée, c'est déjà énorme pour Preston. Et laissez-moi vous dire une chose: il m'arrive de plus en plus souvent d'avoir hâte de lancer un beau *pantoute* bien sonore et bien senti sans que ça dérange personne! Vous avez raison, vous m'avez montré à mieux parler, à mieux m'exprimer, mais quand je vais sortir d'ici j'aurai aucun scrupule à retrouver mon parler de Preston. Vous voyez, je raccourcis déjà mes négations…

— Tu es en train de me dire que les dernières sept années ont été inutiles.

— Non! Non, ma tante! Parce que je sais des choses!

— Que tu vas garder pour toi!

— Si je restais ici, ma tante, je les garderais pour moi aussi!

— Ici, c'est un monde différent, Victoire! Nous gardons, nous protégeons le savoir.

— Peut-être, mais j'aime mieux essayer de partager ce que vous m'avez appris avec mon frère, par exemple, plutôt que de garder tout ça en vase clos ici!

— Tu n'es pas loin du blasphème, Victoire!

— Pour blasphémer, faut utiliser en vain le nom de Dieu, vous me l'avez assez répété. J'ai pas utilisé son nom!

— Mais tu as insulté notre communauté.

— Vous pouvez quand même pas nier que votre communauté est un vase clos, ma tante!»

Elle a porté la main à son cœur, comme le faisait maman quand elle utilisait le chantage sentimental pour parvenir à ses fins. J'ai failli sourire.

«J'aurais espéré t'entendre dire un jour notre communauté.»

Alors j'ai sauté à pieds joints dans le vide. Sans réfléchir. Pour en finir, une fois pour toutes. Pour mettre un point final à tout ça.

«Avouez donc, ma tante, que c'est pas vous qui parlez, en ce moment, mais la mère supérieure qui a peur d'avoir gaspillé sept ans de soupe au barley pour rien! C'est elle qui vous envoie! Vous, vous le savez depuis le début que chuis pas faite pour vivre ici. Vous avez planifié ça, mon éducation, ma formation, par pure bonté! Parce que j'étais votre parente et que vous pensiez que je méritais mieux que ce que le destin m'avait réservé. Et parce que vous m'aimiez bien.

— J'ai voulu te sortir d'où tu venais…

— Chuis la fille de votre frère, ma tante, méprisez-le pas! Surtout maintenant qu'y est parti! Et de façon épouvantable!

— Je n'ai jamais méprisé mon frère!»

Elle s'était levée en renversant presque sa chaise pourtant lourde.

«Tu as perdu tes parents, Victoire, c'est vrai, mais n'oublie jamais que j'ai perdu deux frères!

— Ben d'abord dites-moi une chose! Pourquoi on a pas eu le droit, vous et moi, d'assister à leurs funérailles!

— D'abord parce que ce n'étaient pas de vraies funérailles, il n'y avait pas de corps, et ensuite parce que nous sommes une communauté de religieuses cloîtrées et que les permissions spéciales de sortir du couvent sont très très rares! Surtout que tu faisais de la fièvre!

— Et les religieuses cloîtrées ont pas le droit d'avoir un cœur?»

J'ai cru qu'elle allait me frapper. Non, j'ai plutôt désiré qu'elle me frappe. Parce que je le méritais. Ce que je venais de dire était parfaitement injuste.

«Excusez-moi, ma tante.

— Non. Je vois que tu es irrécupérable. Et que tu as raison. Cette communauté n'a vraiment pas besoin d'une tête forte de plus. Nous nous sommes trompées sur toi ou, plutôt, tu nous as trompées sur ton propre compte, tu peux maintenant retourner chez vous. Avec ton frère qui n'a jamais travaillé un seul jour de sa vie…

— C'est vous qui jugez mon frère, maintenant, ma tante.

— Le père de ton frère, mon propre frère, s'est débattu toute sa vie pour élever une espèce de poète et… et une fille à qui on a tout offert et qui aura tout refusé. Tu peux faire ton bagage.»

Elle a tourné le dos sans rien ajouter et est sortie de la pièce.

Moi, j'ai pleuré de soulagement.

Je me serais bien étendue sur le dos dans l'herbe pour contempler le ciel sans nuages, mais j'avais peur d'attraper froid. Alors je me suis tordu le cou pendant une bonne demi-heure à regarder le firmament se mouvoir.

Papa nous avait expliqué que si nous voulions voir bouger la voûte du ciel, il fallait fixer un point précis, Vénus par exemple, pendant au moins dix minutes, et tout se mettait en mouvement. Il avait fait l'expérience aussitôt après avoir lu l'article dans son encyclopédie et ça avait marché. Ce soir-là nous nous étions couchés sur le dos tous les quatre et ça avait fonctionné, sauf pour maman qui n'arrivait pas à se concentrer parce que l'herbe lui piquait les omoplates.

Je l'ai fait, debout dans l'herbe, comme tant de fois quand j'étais enfant. Et la voûte du ciel s'est mise à se déplacer lentement.

Au début on se dit que c'est une illusion, que ce n'est pas possible, cette immensité remplie d'univers inconnus ne peut pas voyager autour de nous, puis on se laisse aller, on ne réfléchit plus, on tombe par en haut – l'expression de maman la première fois qu'elle avait réussi à fixer une étoile assez longtemps pour faire partir le moteur du monde, une autre de ses expressions – et on ne voit plus le temps passer.

Papa avait aussi dit que ce n'était pas le ciel qui bougeait, mais nous. Le Soleil, par exemple, ne se promenait pas dans le ciel, c'est la Terre qui tournait à mille milles à l'heure autour de lui. Maman avait lancé les hauts cris : j'veux ben croire à quequ's'unes de tes folleries, Thomas, mais viens pas me dire que je grouille à mille milles à l'heure, j'vas avoir mal au cœur pour le reste de mes jours ! Il avait ri, l'avait prise dans ses bras, l'avait soulevée. Crée Odette, toujours aussi terre à terre. Dis-moé que c'est pas vrai, Thomas, ou ben donc j's'rai pus jamais capable de rester deboute. C'est pas vrai, Odette, j'faisais une farce. Merci. À c't'heure, pose-moé à terre que je vérifie.

Les paroles de ma tante me revenaient en tête pendant que le ciel tournait autour de la Terre selon la volonté de ma mère. Qu'est-ce que j'allais faire de tout ce que j'avais appris ? Mais était-ce bien nécessaire d'en faire quelque chose ? J'avais appris à écrire comme une bonne sœur, en belles lettres bien rondes et bien droites, j'avais appris les règles de ma langue, la géographie et des tas d'autres choses, la cuisine, l'hygiène, la bienséance, le tricot, et tout ça avait fait de moi une personne relativement cultivée, surtout pour une femme qu'on avait tendance à tenir dans l'ignorance dans mon village, mais où était l'importance de m'en servir à tout prix ? Je m'en servirais quand j'en aurais besoin, ici, à Preston, pour ma gouverne à moi – oui, je savais même utiliser le mot gouverne –, mon français serait meilleur, mon écriture plus belle, je saurais montrer sur une mappemonde où étaient situées la France ou la Chine, c'est tout.

J'étais fière de savoir tout ça et si jamais j'avais à le garder pour moi, quelle importance? Et quelle importance si j'avais à le désapprendre, si je reprenais le parler de Preston, si je finissais par oublier où sont situées la Chine et la France? J'aurais su ces choses-là et je serais fière de les avoir sues! C'est tout!

Au bout d'une bonne demi-heure, le cou endolori, j'ai remonté les marches de l'escalier de bois et je suis entrée dans la maison. Je suis allée m'asseoir à la table de la cuisine, le plus loin possible des bécosses, et j'ai ébauché le projet de me faire une tasse de thé des bois.

Le lendemain, j'ai été réveillée par de la musique.
Du violon.

J'ai pensé qu'un quelconque quêteux était venu cogner à notre porte et qu'il jouait un morceau de son répertoire pour payer ses œufs et son bacon. Avant de soulever poliment son chapeau crasseux et de disparaître en direction de Preston s'il avait fini sa tournée ou, autrement, du lac Simon où il allait continuer à jouer de son instrument pour gagner sa pitance et, avec un peu de chance, son logement. Il laisserait derrière lui le souvenir d'une musique dans une maison où on n'en entendait jamais et une odeur suspecte qui flotterait dans l'air peut-être plus longtemps. Étrangement, ce n'était pas un rigodon ni un reel qui montait d'en bas, c'était quelque chose de plus doux, je dirais de plus langoureux. Peut-être une de ces fameuses valses venues des vieux pays et que le curé Gagnon avait tant condamnées du haut de sa chaire, le poing levé et les yeux fous, parce que danser face à face avec sa partenaire, et surtout la tenir près de soi, était un péché plus que véniel quoique moins que mortel. Même le rigodon pendant lequel on n'avait pas le temps de penser à mal tellement on se démenait ne trouvait pas grâce à ses yeux.

J'ai fait mes ablutions le plus vite possible et je suis descendue à la cuisine.

Personne. Pas de quéteux, pas de Josaphat, aucune odeur d'œufs ou de bacon. Même pas de café.

Et pourtant la musique continuait.

J'ai traversé la maison, je suis sortie sur la galerie.

C'était Josaphat.

Qui jouait du violon!

Il ne m'avait pas entendue venir, concentré qu'il était par sa si belle – et si triste – musique. Je me suis accotée contre le chambranle de la porte et je l'ai laissé finir son morceau avant de lui parler. On aurait dit un autre homme. Ses sourcils s'étaient défroncés, il avait un sourire presque béat aux lèvres, son corps oscillait lentement au rythme du morceau qu'il exécutait avec une grande concentration. C'était mon frère et en même temps ce n'était plus lui. Il y avait une sorte de bien-être, je dirais même de bonheur, qui émanait de lui que je ne lui connaissais pas. Josaphat n'était pas un être taciturne, loin de là, je l'avais connu plutôt bien dans sa peau, la plupart du temps joyeux, même si des soucis lui tricotaient de temps en temps le front et les sourcils. C'est ce total abandon qui était nouveau, comme si sa musique était plus forte que lui et avait le don de le désarmer. Ou de l'envoûter. Mon frère s'envoûtait-il lui-même avec une musique défendue? Ou bien cette musique cachait-elle quelque chose que je ne voyais pas, un secret qu'il ne pouvait exprimer qu'à travers son instrument de musique? L'amour? Est-ce que c'était un amour inavoué qui montait dans la lumière du matin et embellissait ce début de journée?

Il allait déposer son violon par terre quand je lui ai parlé.

« Tu joues du violon, à c't'heure ? »

Il a sursauté.

Je me suis rendu compte que j'avais utilisé un ton brusque alors que ce n'était pas mon intention.

« Victoire ! J't'avais pas entendue venir.

— Tu réponds pas à ma question.

— Pourquoi tu me la poses ? Tu vois ben que je joue !

— Fais pas le fin finaud. Depuis quand tu joues ? »

Il s'est levé de la chaise berçante pour me faire face.

« D'abord, bonjour ma petite sœur, t'as passé une belle première nuit ?

— Josaphat, je t'ai posé une question. T'as appris à jouer du violon pendant mon absence ?

— Ben… à vrai dire, j'avais commencé avant que tu partes.

— Ah oui ? Avec qui ? Nos parents ont jamais eu les moyens de te payer un professeur de violon ! Pis j'en aurais entendu parler.

— Ça serait compliqué à t'expliquer. J'ai joué ça pour toé, Victoire, t'as pas aimé ça ?

— C'tait magnifique, c'est pas la question…

— Pourquoi tu veux savoir où j'ai appris ça, d'abord ? Ça a aucune importance… L'important c'est que t'aies entendu quequ'chose de beau en te réveillant à matin. Pis que ça risque d'arriver pas mal souvent parce que j'aime ben ça jouer du violon de bonne heure, le matin, ça me permet d'oublier les cauchemars que je viens de laisser dans mon lit, en haut.

— J'pensais qu'on s'était jamais rien caché, Josaphat.

— Chus t'un gars, Victoire, j'cache des choses.

— Maman avait raison? Les hommes c'est toutes des menteurs?

— Ben oui.

— Même toi?

— Surtout moé.

— Pis tu m'apprends ça, comme ça, le lendemain de mon retour après sept ans d'absence? J'pars de la maison pour aller faire mon éducation pis quand je reviens mon frère est devenu un violoniste! Pis y m'avoue, comme ça, qu'il est un menteur!

— T'es revenue hier, Victoire, on va pas régler tout ce qu'y a à régler le lendemain matin.

— J't'ai pas demandé de tout régler ce qu'y a à régler, Josaphat, j't'ai juste demandé où c'est que t'as appris le violon…

— J'vois que ton parler de Preston te revient plus vite que je pensais. Tant mieux! Pis chus pas un violoniste, Victoire, chus tout au plus un violoneux, comme ceux qu'on engage les samedis soir pour faire danser le monde…

— On t'engage-tu, toi aussi, pour faire danser le monde le samedi soir?»

Il a retiré sa pipe de sa poche de chemise, l'a glissée dans sa bouche sans la remplir, a soufflé dedans pour en faire sortir les dernières miettes de tabac froid, geste que j'avais toujours détesté chez mon père et que je retrouvais malheureusement chez lui.

«Ben des affaires ont changé depuis que t'es partie, Victoire, tu dois ben t'en douter! Laisse passer le temps, un peu. Profite de ta nouvelle vie. De ta nouvelle liberté. Peut-être que le violon ça s'apprend tu-seul, Victoire, peut-être que j'ai trouvé celui-là sur le bord du chemin, que je l'ai trouvé beau pis que j'ai zigonné dessus jusqu'à ce que je sois capable de jouer des affaires qui font danser le monde, le samedi soir, pis d'autres, plus sérieuses, qui me font du bien à moi. Pis qui, j'espère, vont te faire du bien à toé aussi.

— Mais tu me dis que t'avais commencé avant que je parte!

— Je l'ai peut-être trouvé avant que tu partes…

— Pis tu m'en avais pas parlé!

— Qu'est-ce que ça peut faire? J't'ai pas menti, j'te l'ai juste pas dit.

— Ouan, t'as toujours eu le don de jouer sur les mots…

— En attendant, viens, on va aller manger.»

J'ai regardé le violon avant de suivre Josaphat. Pourquoi est-ce que j'ai eu envie de le défoncer à coups de talon?

À peine installée devant une énorme assiette d'œufs, de bacon, de patates rôties et de pain de ménage passé sur le poêle et trop beurré – l'équivalent de ce que je mangeais pendant toute une semaine au couvent – j'ai posé une deuxième question à mon frère, celle qui me brûlait les lèvres depuis la veille.

«Pendant que tu perdais ton temps à zigonner ton violon, Josaphat, t'es-tu faite une blonde?»

Le regard qu'il m'a lancé alors était d'une telle intensité que je suis restée clouée sur ma chaise sans rien trouver à ajouter.

« A' le sait pas ! A' le sait pas encore ! A' l' a pas encore compris ! J'avais pourtant mis tout... tout ce que je ressens pour elle dans ce morceau-là. J'espérais qu'a' se réveille, qu'a' l' entende ça pis qu'a' comprenne une fois pour toutes ! À travers la musique ! À travers mon violon ! Qu'a' l' aye... je sais pas... une révélation ! Si a' s'est ennuyée de moé autant que j'me sus ennuyé d'elle ! Mais son ennui, à elle... c'était pas le même que le mien. Chus tellement naïf ! Chus juste un maudit rêveur pis je changerai jamais, pis a' le saura jamais, pis j'vas passer le reste de mes jours à me morfondre pis à brailler ! À côté d'elle si a' finit pas par se marier. »

Rose, Violette et Mauve tricotaient.

Florence, leur mère, avait posé ses mains sur ses genoux et écoutait Josaphat se lamenter depuis de longues minutes sans l'interrompre. Comme elle le faisait toujours quand il arrivait comme ça, pâle, angoissé, le souffle court, pour leur raconter à elle et à ses filles les affres de sa vie d'incompris solitaire. Et d'amoureux anonyme qui ne pourrait jamais dévoiler son secret.

« C'est vous autres qui aviez raison. J'ai attendu tout ce temps-là pour rien. Si au moins vous aviez le droit de me dire ce qu'y va m'arriver dans le futur parce que vous êtes capables de le voir, aussi, ça m'aurait évité tout ça, toute cette attente-là pis… C'est ça, hein, qui s'appelle le désespoir? Avant, c'était juste de l'ennui pis de l'espoir qu'a' quitte un jour le couvent pour me revenir, mais là… Ça fait tellement mal! Parce que je pourrai jamais aller y dire ces choses-là, c'est des choses qui se disent pas entre un frère pis une sœur, je le sais, vous me le répétez depuis tellement longtemps! Je pensais que le dire avec mon violon… en y mettant tout… en y mettant tout mon amour… Mais ça sert à rien de toute répéter ça…»

Florence s'est levée pour aller mettre la bouilloire sur le poêle à bois.

«Je sais pus quoi te dire, Josaphat. On a parlé de tout ça tellement de fois, j't'ai tellement souvent dit de lutter, de t'arracher ça du cœur, tu m'as tellement souvent répondu que tu le savais, que t'avais tort, que t'allais essayer, Josaphat. Mais as-tu déjà vraiment essayé?

— Oui! Vous le savez que j'ai essayé! Mais c'est là, en dedans, depuis toujours! C'est ma raison de vivre! Sans ça, chus pus rien!

— T'as ta musique, Josaphat…

— Quoi?

— T'as ta musique. La musique ça sert souvent à ça…

— Vous allez pas encore me parler de consolation! C'est pas une consolation que je veux, c'est elle, être heureux avec elle!

— Mais c'est pas possible, Josaphat!

— J'vas m'arranger pour que ça soit possible, j'vous jure que chus capable!»

Rose, Violette et Mauve avaient levé la tête et suspendu leur tricot.

«Pense aux conséquences. À votre vie, Josaphat, dans un petit village qui acceptera jamais ça…

— Y sont pas obligés de le savoir… On vit loin de Preston…

— Tout finit par se savoir à Preston, comme à Chénéville, comme à Saint-André-Avellin, comme partout ailleurs. Une vie de parias, Josaphat, c'est ça qui va vous attendre.

— Ça me dérange pas de vivre une vie de paria si chus heureux.

— Mais elle, Josaphat, pense à elle! A' va-tu être heureuse, elle? C'est elle qui va élever vos enfants dans la honte, c'est elle que le monde va blâmer, c'est toujours la faute de la femme, la tentatrice, tu le sais ben!»

Elle a versé de l'eau chaude dans la théière où flottaient encore sur l'eau tiède des feuilles de thé des bois. Un arôme sucré s'est élevé dans la maison transparente aux murs de verre.

«Ça veut dire qu'y me reste juste mon violon?

— Enlève le mot juste, Josaphat. Y te reste ton violon. Qui, tu le sais, est capable de faire des miracles.

— Pas celui-là. Y est pas capable de faire celui-là. Y l'a jamais fait, y l'a pas fait à matin, pis y le fera jamais… Pis j'ai ben envie de vous le laisser une bonne fois pour toutes…»

Rose, Violette et Mauve ont regardé leur mère avec un regard suppliant. *Faites quelque chose, maman…*

«Tu sais que tu peux pas faire ça. Tu nous as fait une promesse qui était plus qu'une promesse, Josaphat.

— Si je vous disais que j'vas le garder pis en jouer juste si vous me dites ce qu'y va m'arriver dans l'avenir?

— Je serais obligée de reprendre le violon pis de te laisser partir. Pis essayer d'en trouver un autre pour te remplacer.

— Un autre naïf à qui vous allez faire accroire qu'y peut faire se lever la pleine lune à chaque mois?»

Elle est venue s'asseoir à table, à côté de lui.

«Tu y crois pus?

— Je le sais pas. Mais je continue à jouer de mon violon à chaque pleine lune au cas où tout ça serait vrai. Parce que j'ai peur de ce qui pourrait arriver… Les curés nous promettent l'enfer si on leur obéit pas, ça fait qu'on leur obéit au cas, vous autres vous me promettez du sang pis des animaux qui souffrent si je joue pas du violon à chaque pleine lune, pis je le fais pour la même raison. Pensez-vous que c'est mieux?

— T'as déjà vu les chevaux souffrir, Josaphat, mais t'as jamais vu l'enfer.

— Ben justement, j'me prépare à le connaître!»

Il s'est levé, a regardé son violon pendant quelques secondes avant de le reprendre et de le glisser dans son étui.

«J'en ai eu un aperçu, à matin, pis je vous dis que c'est loin, ben loin, d'être drôle…»

Il a serré son étui à violon contre lui avant de leur tourner le dos.

«Au moins, y me permet de gagner ma vie…»

Après un autre déjeuner trop copieux, le lendemain matin – œufs, cretons, tête en fromage, pain doré –, j'ai fait part à Josaphat de mon intention de marcher jusqu'à Preston, façon de renouer connaissance avec mon bout de pays. Et de digérer tout ce que je venais de me mettre dans le corps.

« J'peux atteler Wilbrod pis aller te reconduire, si tu veux…

— Oui, je sais, mais ça me tente de marcher, comme quand on allait à l'école…

— Tu disais pas la même chose dans ce temps-là, Victoire…

— Dans ce temps-là j'étais obligée de le faire pis j'en avais pas été privée pendant sept ans… Pis j'avais souvent une tempête de neige à traverser.

— Victoire! Tu viens de lâcher tes deux premiers "pis"!

— Ah oui? J'm'en suis pas rendu compte… »

Il a ri en pointant le bout de sa pipe dans ma direction, geste que j'avais tant détesté chez notre père. Maman avait essayé en vain de lui faire passer cette manie pendant des années – *c'est pas poli, Thomas. J'm'en rends pas compte, Odette. Ben rends-toé-z'en compte, pis arrête!* Quand j'étais toute petite j'avais peur que du jus s'en échappe et m'éclabousse le visage.

«Pis s'il te plaît, Victoire, appelle pas le village Preston! Appelle-le Duhamel comme tout le monde!

— C'est pas fini c't'histoire-là…

— Non, pis tant qu'à nous autres, ça finira pas tant que le gouvernement aura pas changé le nom! On est entourés de Chénéville, de Saint-André-Avellin, de Papineauville, je sais pas pourquoi on vivrait dans un village avec un nom anglais!

— Pourquoi Duhamel?

— On le sait pas, mais on trouve ça beau. Ça doit être le nom de quequ'un de célèbre… T'es sûre pour le joual? Ça prendrait pas cinq minutes, hein…»

En fait, le Wilbrod en question, une belle bête d'un beau brun luisant que j'avais croisée le matin même – eh oui, en me rendant aux bécosses –, me paraissait nerveux et rétif. Il ne m'avait pas saluée en branlant la tête comme le font les chevaux quand on passe près d'eux, il avait plutôt semblé m'ignorer. Un peu plus et il détournait la tête. *C'est qui c'te face-là que je connais pas?* J'essaierais donc de l'apprivoiser avant de l'atteler.

«Veux-tu bien me dire pourquoi vous l'avez appelé de même?

— Maman trouvait qu'y ressemblait à son frère…»

Pendant un court instant, juste derrière Josaphat, installée devant son poêle où grillait du pain de ménage, j'ai vu maman qui riait de bon cœur. Je m'attendais presque à ce qu'elle se retourne pour m'envoyer la main et me souhaiter bonne promenade. Les larmes me sont montées aux yeux. Mais je ne voulais pas que Josaphat s'en aperçoive et j'ai déguisé ça en une espèce de toux pas très convaincante.

«En tout cas, il m'a l'air pas mal rétif, ton Wilbrod…

— Donnes-y une carotte, Victoire, tu vas l'avoir de ton bord pour le reste de tes jours…

— Si je reviens pas à midi, inquiète-toi pas. J'achèterai quelque chose à manger chez monsieur Lacasse.

— Tu veux vraiment pas que j'aille avec toé?

— Josaphat! Je viens de passer sept ans quasiment en pleine solitude. Ça va peut-être me prendre un bout de temps avant de m'habituer à vivre avec toi… J'ai besoin d'être toute seule pour une couple d'heures…»

Il m'a fait un grand sourire.

«Fais attention aux ours!»

Nous n'avions jamais vu d'ours dans le chemin entre le village et chez nous, mais maman, tous les jours d'école, nous avait avertis de faire attention aux ours, surtout aux mères si méchantes au printemps. *Passez jamais entre une mère pis son petit, sinon vous êtes morts!* Pendant ma première année, Josaphat me faisait peur en prétendant apercevoir des mères ourses à tout bout de champ. J'étais terrorisée et je me collais à lui qui pourtant n'aurait pu rien faire pour me protéger. J'avais vite compris son subterfuge cependant et, à son grand dam, j'avais cessé de regarder autour de moi avec des yeux fous quand il pointait un buisson en criant qu'une mère ourse nous attendait pour nous dévorer. *T'as pus peur? Si c'était vrai, ça fait longtemps que tu serais parti en courant… Chus là pour te protéger. Me semble, oui…*

En fait, la seule vraie menace c'étaient les mouffettes, les maudites mouffettes puantes, mais ça, c'est une autre histoire.

Notre maison était posée sur un monticule appuyé contre le pied d'une montagne dont nous avions toujours ignoré le nom, si elle en avait un, à l'orée de la forêt et dont elle semblait faire partie. Thomas-le-fun, qui l'avait construite de ses propres mains, prétendait qu'il préférait être entouré d'arbres que de vide. Sa femme, elle, se sentait menacée par ces arbres trop près de la maison qui venaient grafigner ses fenêtres les nuits de grand vent. Elle avait donc élevé ses seize enfants dans un état de perpétuelle angoisse et en sacrant contre son homme qui aimait mieux vivre dans le bois qu'à l'air libre. *Y a pas de lumière, ici-dedans! On voit juste des maudites branches d'arbres dans les châssis! Ça m'étouffe!*

La pente qui descendait vers la route devant la maison était douce, facile à dévaler. Elle nous avait vus, mon frère et moi, nous rouler dans l'herbe, chasser les couleuvres, les papillons, les lucioles – pour ma part, aucune couleuvre ne m'avait jamais fait peur – et nous batailler pendant des étés pour un bout de pain ou un épi de blé d'Inde.

À mi-pente je me suis retournée pour la contempler dans son nid à flanc de montagne, encastrée dans la forêt, invisible de la route à qui ne connaissait pas son existence tant elle se confondait avec la nature. Papa, qui avait dû puiser le verbe suspendre dans son encyclopédie, l'appelait la maison suspendue.

Josaphat était déjà installé dans la chaise berçante, pipe au bec, bras croisés. Je lui ai envoyé la main. Il m'a fait un grand sourire mais n'a pas décroisé les bras.

Une fois la clôture dépassée, je me suis donc engagée sur ce qu'on appelait la grande route, ce petit chemin poudreux qui menait de Papineauville, au sud, au lac Long, au nord. Le lac Long était pour nous la marque de la fin de la civilisation. Enfin de la nôtre. *Après Preston, les enfants, c'est le territoire*

des Indiens. Faut les laisser tranquilles. On leur en a
assez volé comme ça.

Une autre de ces journées lourdes d'août s'annonçait. J'avais mis ce que j'avais de plus léger et de plus pâle dans ma maigre garde-robe, mais au bout d'à peine une centaine de pas j'avais déjà chaud. Heureusement, il n'y avait plus de moustiques. En juin et juillet, cette route était presque impraticable à pied tant on était sans cesse assailli par des nuées d'énormes maringouins qui nous suivaient sans relâche jusqu'au village où on arrivait exaspérés et couverts de piqûres qu'il ne fallait surtout pas gratter pour ne pas les envenimer. Les Indiens, semblait-il, utilisaient la graisse d'ours dont ils se couvraient le corps pour éloigner les moustiques de toutes sortes, mouches noires, maringouins et mouches à chevreuil, mais maman trouvait que ça puait trop et nous passions la fin du printemps et une partie de l'été enfermés dans la maison derrière des portes et des fenêtres moustiquaires pas toujours efficaces. Papa prétendait que la fumée de sa pipe suffisait à les éloigner, mais il aurait fallu qu'il fume vingt-quatre heures par jour… On disait que c'étaient les grandes canicules de juillet qui tuaient en fin de compte les maringouins parce que chaque année dès le début d'août ils avaient disparu laissant la place aux affreux frappe-à-bord, les mouches à chevreuil, qui, par chance, n'attaquaient que lorsque nous étions dans l'eau. C'est alors la baignade dans le lac Simon ou le lac Long qui devenait périlleuse. Les assauts de ces énormes bestioles étaient furieux et laissaient plus que des piqûres, des blessures, saignantes et douloureuses. Mais Josaphat aurait dit que pour aujourd'hui j'étais *safe*.

Ce que nous appelions les fleurs d'automne avaient commencé à pousser de chaque côté de la route. Moins délicates que celles qui avaient garni les champs et les bosquets ornant le chemin de mai à juillet, elles allaient durer jusqu'aux premiers froids de novembre, dressant leurs rouges flamboyants et leurs jaunes éclatants malgré le ciel sombre et les pluies glacées. On pourrait même encore les voir quand tout le paysage, sauf les conifères, flamberait de ses derniers feux. Enfant, je m'étonnais que ces fleurs ne sentent rien et la seule réponse que mon frère avait trouvée était qu'elles étaient fatiguées de sentir. Je ne m'en étais pas contentée et m'étais inventé des histoires issues, elles aussi, des légendes irlandaises héritées de papa. Pour le moment elles étaient visitées par une myriade de petites abeilles dont certaines venaient bourdonner autour de moi. Je les laissais faire comme on me l'avait montré. *Si une abeille vous tourne autour, occupez-vous-en pas, faites comme si elle était pas là. Si vous faites des grands gestes pour y faire peur, là a' va vous attaquer! Sinon a' va s'en aller parce que vous sentez pas la bonne affaire.* L'une d'entre elles est venue se poser sur mon nez. Je me suis arrêtée et je l'ai regardée en me crochissant les yeux. Mécontente de ce qu'elle y trouvait, elle est repartie vers une belle fleur rouge déjà explorée par deux de ses compagnes.

Je me suis promis de me faire un énorme bouquet à mon retour. Si monsieur Lacasse assurait toujours la livraison des marchandises, bien sûr. Sinon, j'enverrais Josaphat – et Wilbrod – chercher tout ça en fin de journée. Parce que j'avais l'intention de remplir les armoires de notre maison que je trouvais bien vides même si elles contenaient l'essentiel. Les œufs et le bacon ne seraient plus la nourriture de base de

Josaphat… (Mais j'avais mangé des cretons, de la graisse de rôti, du jambon, Josaphat avait donc cuisiné avant mon retour… À moins, il en était capable, qu'il soit allé quêter tout ça chez nos voisins les plus proches, les Bellefeuille, qui louaient une partie de nos terres.)

Au dernier coude que faisait la route avant d'aboutir à Preston, je savais que j'apercevrais le clocher de l'église qui dépassait le faîte des arbres et dont la cloche brillait lorsqu'elle attrapait quelque rayon de soleil, pour guider le pèlerin vers la parole de Dieu, au dire de notre curé, alors que de pèlerins nous ne connaissions que des quêteux qui cherchaient tout sauf la parole de Dieu. Au bout d'une bonne demi-heure de marche au milieu d'une nature d'une grande beauté et qui m'avait beaucoup manqué, j'y suis arrivée, j'ai tourné vers la gauche. Pas de clocher. Les arbres avaient dû pousser depuis mon départ et le dissimuler. Dommage, ça faisait plutôt bel effet.

Et tout d'un coup, sans que je sente venir quoi que ce soit, sans avertissement, un immense chagrin s'est abattu sur moi, me pliant en deux au milieu de la route. J'ai échappé la petite gourde que Josaphat avait remplie avant mon départ. J'étais étourdie, j'avais peur de m'écrouler sur la terre battue, j'étais secouée de sanglots irrépressibles et je m'entendais geindre comme une personne blessée. Blessée, je l'étais, et c'est là, au milieu de nulle part, que j'arrivais enfin à exprimer ma douleur. Ce que j'avais ressenti en entrant dans la maison la veille n'était rien à côté de la peine qui me secouait. J'avais beaucoup pleuré à la mort de mes parents et j'avais versé quelques larmes avant de m'endormir, la veille, mais là, au milieu des fleurs d'automne et des abeilles bourdonnantes, on aurait dit que j'arrivais pour la première fois, sans retenue, à exprimer toute mon horreur. Parce que j'étais seule. Parce que personne ne pouvait m'entendre. Parce que je pouvais hurler comme une bête à l'agonie. Et je crois bien que j'ai hurlé comme une meute de bêtes à l'agonie. Était-ce la disparition du clocher que je ne verrais jamais plus avant d'arriver à Duhamel qui avait déclenché cette crise en me faisant comprendre une fois pour toutes l'inéluctabilité de ce qui s'était passé huit mois plus tôt? Que je ne les reverrais plus, où que je sois et quoi que je fasse? Je ne le saurai jamais. Ce que je sais par contre, c'est que mon vrai deuil s'est fait là, au milieu des bois, avec comme seuls témoins des abeilles qui fabriquaient leur miel et, peut-être, quelques oiseaux nichés dans les arbres. Ça a duré longtemps et je n'ai rien fait pour que ça cesse, espérant sans doute y trouver une sorte de soulagement. La crise passée, j'ai ramassé la gourde, je me suis redressée et j'ai repris mon chemin en hoquetant et en m'essuyant les yeux. Soulagée? En tout cas épuisée.

Au bout de la route, sans transition, j'ai abouti directement sur la place de Duhamel. À gauche, la petite église blanche qui ne payait pas de mine et qui avait bien besoin d'une nouvelle couche de peinture, en face, les trois commerces principaux du village: la boulangerie, une chance rare pour un si petit village, où on vendait le meilleur pain du monde et des gâteaux à faire damner même le curé, fondée il y avait longtemps par un Français de passage qui était tombé amoureux des Laurentides et ne les avait jamais quittées; le boucher qui, disait-on, mettait le pouce sur la balance pour nous vendre la viande plus cher – ma mère, qui avait toujours veillé au grain, lui disait souvent : *J'guette votre pouce, monsieur Poirier*, ce qui fait que le boucher l'appelait madame j'guette-votre-pouce. Entre les deux, le magasin général de monsieur Lacasse où on trouvait tout ce qui était utile pour construire une maison et tout ce dont on avait besoin, sauf la viande, pour faire la cuisine. Et tous les commérages de Duhamel et des environs.

Plus loin, sur ce qu'on appelait la rue principale même si c'était la seule du village, des maisons qui se ressemblaient toutes où, sans doute, habitaient encore des familles que j'avais toujours connues, des Gagnon, des Tremblay, des Lavoie… Mes camarades de classe s'étaient mariés entre eux, comme leurs parents une génération plus tôt, avaient démarré une progéniture qui nous ressemblerait. Là résidait désormais mon avenir. Je l'avais choisi, il ne me restait plus qu'à l'assumer pleinement.

« Ah ben, 'gard donc ça, une revenante ! »

Le grand sourire que me faisait monsieur Lacasse derrière son imposant comptoir de bois verni, j'en étais convaincue, n'était pas sincère. Le propriétaire du magasin général n'avait jamais aimé notre famille, qui le lui rendait bien. Une autre histoire de familles rivales perdue dans la nuit des temps dont les avant-derniers rejetons, la génération de mes parents, qui avaient sans doute oublié les tenants et les aboutissants de leur ancestrale chicane, en étaient devenus une espèce de caricature parce qu'ils n'avaient plus aucune raison de se haïr et qu'ils devaient se forcer pour le faire. *Une tradition, c'est une tradition*, disait toujours papa. Quant à nous, leurs enfants, mon frère et moi, nous nous contentions de nous trouver antipathiques depuis la petite école et ne nous étions jamais fréquentés. Pas de conflit, mais pas d'amitié non plus.

«Bonjour, monsieur Lacasse. Madame Lacasse.»

Cette dernière, une maîtresse femme toujours baleinée, vissée à sa caisse du matin au soir et juchée sur une chaise que son mari avait surélevée pour qu'elle puisse garder un œil à la fois sur l'argent qui rentrait et sur leurs marchandises, avait engraissé des joues, c'est la première chose que j'ai remarquée. On aurait pu dire d'elle que c'était une femme toute en joues : plutôt mince même si elle s'entêtait à porter un corset – elle avait un jour dit à ma mère que sa posture droite derrière ce qu'elle appelait son *office* devait rester imposante et que son corset pouvait la soutenir pendant des heures –, elle avait toujours été affublée d'une impressionnante paire de joues qui branlaient chaque fois qu'elle ouvrait la bouche, ce qui fait que même si elle se tenait immobile derrière sa caisse, son visage était sans cesse en mouvement parce qu'elle était bavarde. Et cancanière. Tous les commérages du village, des plus insignifiants aux plus juteux, passaient par son *office* et y trouvaient une oreille attentive et un sourire méchant.

Son sourire, à ce moment-là, était d'ailleurs moins large que celui de son mari. Elle ne se donnait plus depuis longtemps la peine de nous faire croire que nous étions les bienvenus chez elle. Mais des clients c'est des clients, surtout s'ils ne peuvent pas aller s'approvisionner ailleurs, d'où le demi-sourire qu'elle nous réservait même si notre seule présence l'offusquait.

«J'ai entendu dire que t'étais revenue pour de bon ?

— C'est Josaphat qui vous a annoncé mon arrivée, madame Lacasse ?

— Non, c'est venu d'ailleurs. »

Déjà. Ça jasait déjà dans Duhamel. Josaphat avait dû s'échapper pendant une quelconque beuverie et la nouvelle s'était répandue comme une traînée de poudre. *La fille de Thomas sort du couvent. A' fera pus une sœur. Y paraît qu'a' s'en revient de par icitte pour toujours. C'est son propre frère qui me l'a dit…*

Monsieur Lacasse s'était penché au-dessus de son présentoir où il rangeait toujours ses « nouveautés », la plupart du temps des babioles inutiles, et souvent laides, fraîchement débarquées de Montréal ou d'Ottawa.

« Tu t'en vas rester tu-seule avec ton frère ? »

Avais-je senti un ton qui s'approchait de l'insinuation ?

J'ai regardé madame Lacasse. Qui avait rougi jusqu'aux oreilles en posant sa question, au point d'avoir l'air d'être au bord de l'apoplexie. Oui, c'était bel et bien une insinuation.

« Oui, madame Lacasse. Une vieille fille et un vieux garçon tout seuls dans une grande maison… »

Madame Lacasse a emprunté ce ton mielleux qu'elle adoptait pour convaincre une cliente d'acheter une chose dont elle n'avait pas besoin et qui avait le don de titiller mon agressivité.

« Voyons donc, Victoire, vous êtes ben que trop jeunes pour qu'on parle de vous autres comme d'une vieille fille pis d'un vieux garçon.

— Le temps passe vite, vous savez. »

Madame Lacasse a appuyé sur quelques pitons de sa caisse pour paraître occupée.

« Mais… je sais pas… t'as pas peur de t'ennuyer, tu-seule avec lui ? C'est pas un gars facile…

— C'est mon frère, je sais comment le prendre.

— Mais si ça dure des années… Tu-seule avec ton frère…»

J'ai déposé ma gourde brusquement sur le comptoir.

«Me rempliriez-vous ça, monsieur Lacasse? Je l'ai vidée en venant ici et j'ai une de ces soifs…»

Pendant qu'il était parti remplir ma gourde à la pompe dans l'arrière-boutique, je suis restée silencieuse. Pour voir ce que madame Lacasse me dirait afin d'en savoir plus au sujet de mon retour.

Après quelques secondes elle a toussé dans son poing, s'est un peu raclé la gorge pour se donner une contenance. Avant d'attaquer.

«Monsieur le curé m'a dit qu'y allait vous faire une petite visite betôt…»

Bon, le curé maintenant.

«C'est toujours le curé Boissonneault?

— Ah oui! Aïe, y est vieux à c't'heure…

— Il l'était déjà quand je suis partie…»

Elle a mis quelques secondes avant de continuer.

«Tu parles ben, Victoire. C'est les sœurs qui t'ont montré ça?

— Oui, mais faites-vous-en pas, mon parler de Preston, de Duhamel plutôt, va vite me revenir…

— Non, non, c'est beau comment c'est que tu parles… C'est… c'est différent de nous autres, hein?»

Oui. Dans un village qui avait toujours haï tout ce qui était «différent».

«En tout cas, monsieur le curé m'a dit qu'y allait pousser jusqu'à chez vous, un bon jour, pour voir comment ça se passait…

— Ça va bien se passer, madame Lacasse, vous lui direz ça de ma part.»

Elle a secoué la tête. Ses joues se sont mises en branle, j'ai cru que ça ne s'arrêterait jamais. J'ai réprimé un sourire.

«Ah non, jamais j'y dirais une affaire de même. Ça me regarde pas...»

Mais ça t'intéresse, espèce de...

Monsieur Lacasse était revenu avec ma gourde pleine.

«Bon, qu'est-ce que je peux faire pour toi ma belle fille!»

On ne m'avait pas appelée ma belle fille depuis tellement longtemps que j'ai presque sursauté.

«Beaucoup de choses, monsieur Lacasse. La maison est vide! Vous connaissez mon frère...»

Autre branlement de joues appuyé d'un haussement d'épaules...

«Les hommes... Ça sait rien faire dans une maison...»

J'ai sorti la liste que j'avais préparée avant de quitter la maison.

«Avant de commencer tout ça, monsieur Lacasse, je voudrais m'assurer que vous faites toujours la livraison. Je suis venue à pied, je voulais refaire connaissance avec mon bout de pays...

— Çartain qu'on délivre encore! Ti-Ouis va aller te porter tout ça! Y peut même te ramener, si tu veux...»

Louis Lacasse, le portrait tout craché de sa mère, joues comprises, et qui avait toujours senti mauvais.

«On verra...

— Ça te ferait pas plaisir *de refaire connaissance* avec lui?»

À la fois la remarque d'une mère protectrice et une moquerie au sujet de ma façon de m'exprimer. Je l'ai ignorée plutôt que de lui grimper dans le visage, comme aurait dit papa.

« Ah oui, autre chose, monsieur Lacasse. Si je vais acheter de la viande, à côté, et du pain chez les Careil, Louis peut me livrer tout ça?

— Çartain, ma belle fille!

— Appelez-moi pas ma belle fille, monsieur Lacasse. Chuis pas une belle fille!»

Madame Lacasse a ri et lui, l'hypocrite, a pris une mine offensée.

« Pour moé, t'as toujours été une belle fille, ma belle fille!»

Je lui ai tourné le dos pour aller fureter dans le reste de son vaste magasin, surtout dans les boîtes de légumes frais toujours bien garnies.

Avant de plonger la main dans une caisse de tomates bien roses et bien dodues, je me suis retournée vers eux.

« Et merci à vous deux, monsieur et madame Lacasse, pour vos condoléances, ça m'a beaucoup touchée…»

Branlement de joues. Madame Lacasse s'est tournée vers son mari. Je l'ai entendue murmurer :

« C'est quoi ça, des condolences, Louis?»

L'odeur de Ti-Ouis Lacasse n'avait pas changé depuis toutes ces années. Un mélange de sueur, de pipi séché et de cheveux jamais lavés avait toujours flotté autour de lui. Chez un homme qui dépassait la vingtaine, c'était encore plus prononcé et plus désagréable que chez le petit garçon avec qui il m'arrivait de jouer lorsque nous fréquentions l'école du village.

En montant dans la charrette où il avait déposé mes emplettes – un poulet et un rôti de porc chez le boucher, du pain, quelques gâteaux chez les Careil en plus de tout ce que j'avais acheté chez son père en fruits, légumes et conserves de toutes sortes –, je n'avais pas eu d'autre choix que de m'installer à côté de lui derrière la jument dont j'oubliais le nom et qui devait être au bord de mourir de fatigue tant elle était vieille et décatie. Je l'avais connue jeune et fringante, je la retrouvais à moitié morte d'avoir trop travaillé. Je savais qu'elle portait un nom de femme, mais je ne me rappelais pas lequel.

Après quelques minutes de silence – nous venions de dépasser le coude du chemin où, plus tôt, j'avais eu ma crise –, j'ai dû trouver un sujet de conversation parce que Ti-Ouis gardait la tête baissée, peut-être intimidé par la religieuse qu'il croyait que j'avais failli devenir. Et aussi parce qu'il n'avait jamais eu grand-chose à dire, le pauvre.

«Quel âge elle a, la jument?

— Pierrette? J'sais pus trop. Moé, j'voudrais qu'on la lâche dans le pacage, qu'on la laisse se reposer un peu avant de mourir, a'l' a tellement travaillé, mais popa dit qu'a'l' a encore quequ' bonnes années de service devant elle. Moé j'trouve ça cruel, lui y trouve ça normal.»

Je retrouvais le petit garçon sensible que j'avais bien aimé sous sa couche de crasse et je me demandais quelle vie il devait mener avec des parents désagréables et sans doute autoritaires pour qui seul l'argent comptait.

«T'as combien de frères et de sœurs, déjà?

— Huit, mais sont toutes mariés. Chus le plus jeune.

— Et tu restes toujours avec tes parents?»

Il a encore un peu plus baissé la tête vers les rênes usées par des générations de mains moites.

«Jusqu'à ce que tu te maries…

— Ça a l'air que chus pas mariable.

— Pourquoi tu dis ça?»

Il a relevé brusquement la tête et m'a regardée droit dans les yeux. Je crois que c'était la première fois de sa vie, il avait toujours eu le regard plutôt fuyant. On disait de lui qu'on ne savait jamais à qui il s'adressait parce qu'il regardait toujours entre deux personnes quand il parlait.

«M'as-tu ben regardé?»

Que répondre à une repartie pareille?

Il a vu mon embarras et a eu un sourire désarmant.

«Moman dit toujours que chaque torchon trouve sa guénille. Moé, je l'ai pas encore trouvée. Mais a' doit ben être là, quequ'part. Faut juste pas que j'arrête de la charcher, y paraît. Chus pas beau, mais ça a l'air que chus un bon parti, popa me le répète tout le temps.»

Ce bel optimisme m'a impressionnée. Et je me demandais qui dans le monde accepterait de passer le reste de ses jours avec un agrès pareil. Puis je m'en suis voulu – un relent de couvent, j'imagine – d'avoir une telle pensée, un jugement si rapide, si peu généreux, et j'ai détourné la tête pour cacher ma confusion et faire semblant d'admirer le paysage.

Quelques minutes de silence embarrassé, puis:

«On parle beaucoup de toé dans le village depuis qu'on a appris que tu défroquais.

— J'ai pas défroqué, Ti-Ouis, j'ai jamais eu l'intention de devenir religieuse! J'étais là pour qu'on me donne une bonne éducation, c'est tout…

— C'est pas ce qu'on disait à ton sujet.

— Qu'est-ce qu'on disait à mon sujet?

— Ben… ta mère était tellement contente que tu rentres chez les sœurs…

— Ma mère disait que j'étais entrée chez les sœurs ?

— Ben oui. Pis tout le monde la félicitait quand t'es partie. A'l a quasiment fait le tour des maisons de Duhamel pour conter ça ! Aïe, une religieuse dans' famille, c'est tout un honneur ! Tout le monde était jaloux…

— Et elle les a jamais détrompés ?

— Les quoi ?

— Elle leur a jamais dit que c'était pas vrai ?

— Ben non ! C'est elle-même qui disait ça en courant de tous bords, tous côtés ! Nous autres, on était toutes sûrs de te voir revenir avec la capine sur la tête pis le crucifix autour du cou ! »

J'étais sidérée. Ma mère que je venais de pleurer un peu plus tôt sur ce même chemin, dont j'avais regretté l'absence à hurler de douleur, avait fait croire à tout le village pendant sept ans que j'étais entrée en religion alors qu'elle savait que c'était faux, que j'avais juste saisi l'occasion qui s'offrait à moi de continuer des études supérieures impossibles à Duhamel ?

Et ça m'a frappée tout d'un coup : avais-je été la dupe de toute cette histoire-là ? Ma mère et ma tante avaient-elles cru que je finirais par tomber dans leur piège – si c'en était un –, abdiquer devant les vertus de la vie religieuse et…

J'ai failli demander à Ti-Ouis d'arrêter la charrette et de faire le reste du chemin à pied pour essayer d'absorber tout ça. Mes parents n'avaient quand même pas essayé de se débarrasser de moi, c'était impossible ! Leur foi naïve dans la religion catholique l'avait-elle emporté sur l'amour qu'ils avaient pour moi ? Avaient-ils sacrifié leur unique fille pour… pour quoi ? Assurer leur salut ? Le mien ?

« Qu'est-ce que t'as, Victoire ? »

Je me suis rendu compte que je m'étais mise à trembler.

«T'as quand même pas froid? On crève de chaleur!

— Non, non. C'est juste la fatigue du voyage, je suppose. C'est loin de Papineauville à Duhamel... Et j'avais pas quitté le couvent depuis sept ans...»

Il a ri.

«Mon pére est déjà allé jusqu'à Morial! Avec Pierrette! Tu serais ben morte! Faut dire que ça y avait pris trois jours...»

Nous avons fait le reste du voyage en silence, lui engoncé dans sa timidité, moi étouffée par ce qui ressemblait étrangement à de la rage.

Juste avant d'arriver à la maison – pour une fois on pouvait déjà l'apercevoir de loin sur sa butte parce qu'elle était éclairée par un soleil jaunâtre annonciateur d'orage –, Ti-Ouis Lacasse s'est tourné vers moi.

«Ton pére pis ta mére... Ça m'a faite ben de la peine. C'tait du bon monde... Toutes les autres aussi, tant qu'à ça. C'tait toutes du bon monde. Partis trop vite. Mais ça a l'air qu'y faut pas en parler. Qu'y faut tout oublier ça. Offrir ça au bon Dieu pour le rachat de nos péchés, ou j'sais pus trop quoi... Mais y me semble que ça nous aurait fait du bien d'en parler... Mais personne voulait m'écouter. Quand je commençais à parler de t'ça, y avait toujours quelqu'un qui changeait de sujet. Pis y me semble que ça nous aurait fait du bien, aussi, d'aller casser la yeule au curé du village qui s'était sauvé comme un voleur pendant que tout le monde brûlait... Mais, tu comprends, c't'un curé. Faut pas toucher à ça, un curé... Mais j'te dis qu'y a des nuits oùsque j'me serais levé pis que j'aurais couru

au village d'à côté pour y dire ma façon de penser…
Mais là, y est trop tard. Y est parti. Y s'est sauvé.
Y s'en est encore sauvé…»

Il venait de racheter mon avant-midi.

Je l'aurais embrassé. Malgré tout.

Je me suis contentée de lui sourire.

Josaphat, pieds nus et sans chemise, nous attendait
sur la galerie. Il a couru au-devant de la charrette pour
nous aider à décharger tout ce que j'avais acheté au
village.

«Bonjour, Ti-Ouis… Tes parents vont ben?

— Ben… oui.»

Fin de la conversation.

Josaphat m'a aidée à descendre en me tendant les
bras pour que je m'y jette.

«T'en as acheté, des affaires, Victoire!

— J'ai décidé qu'à partir de maintenant on man-
gerait autre chose que des cretons pis de la tête en
fromage…

— Sais-tu ce que je mangerais? Une bonne grosse
soupe aux légumes ben épaisse comme…»

Il n'a pas continué.

La même image a dû nous frapper en même temps
tous les deux: la marmite de maman, les légumes qui
bouillaient avec des morceaux de bœuf gros comme
le pouce…

«J'vais t'en faire une pour le souper, Josaphat.»

J'ai tout de suite remarqué que lui aussi dégageait
une odeur forte. Mais très différente de celle de
Ti-Ouis Lacasse. Ça ne sentait pas la crasse ou les
cheveux gras. C'était à la fois piquant et salé. Et ça
montait un peu à la tête. Je me suis demandé si la
sueur propre ça existait… Son torse était mouillé et

j'ai dû m'essuyer les mains sur ma jupe. J'étais rouge de confusion.

« T'es glissant, Josaphat. »

Il a éclaté de son beau rire qui réglait toujours tout à son avantage.

« J'étais après me laver dans la cuisine quand j'ai entendu venir la charrette dans le chemin…

— Pis t'as pas pris la peine de t'essuyer ?

— Ça te dérange ?

— Ben non, Josaphat, ça me dérange pas. »

Ce qui, bien sûr, était faux. C'était le premier homme à moitié nu que je voyais dans ma vie. Je n'avais même jamais osé en imaginer un tellement j'avais longtemps été retirée du monde. Et les hommes, on nous les peignait sous un tel aspect négatif au couvent que je n'aurais jamais pensé à en déshabiller un, même en imagination.

Je regardais son dos pendant qu'il se dirigeait vers la maison. Ses muscles bougeaient sous l'effort, le soleil jouait sur ses épaules, les faisant reluire. Et sa démarche souple et ondoyante d'homme des bois était troublante. L'autre soir je l'avais trouvé beau, maintenant je le trouvais magnifique.

Mon frère. Qui m'avait tiré les couettes et que j'avais si souvent poussé pour le faire tomber au milieu du champ de blé d'Inde.

Ti-Ouis me suivait à quelques pas et son odeur si déplaisante venait combattre celle, si agréable, oui, je devais l'avouer, si troublante même, de Josaphat.

Il s'est glissé derrière moi et a murmuré :

« Y a un beau dos, hein ? »

Et j'ai tout compris de son célibat et de la négligence corporelle dont il avait toujours fait preuve. Se mépriser au point d'éloigner de soi toute possibilité de contact humain. Il était sans doute ce qu'on appelait un *vieux garçon*. J'ai eu un frisson de dégoût et je m'en suis voulu. Si j'admirais le dos de mon frère, il avait bien le droit, lui aussi.

Sur le porche. Il faisait nuit noire, je n'avais plus aucun repère, je ne savais plus trop où était situé le haut, où était situé le bas, et j'en ressentais un léger étourdissement.

La vaisselle lavée et rangée dans l'armoire, Josaphat avait suggéré que nous allions nous installer sur la galerie sans allumer les lampes à huile. Il prétendait le faire souvent et se perdre dans le noir en fumant sa pipe. Pour réfléchir. Ou rêvasser.

«On est entourés de rien, Victoire. C'est comme si on était dans le ciel.»

Nous étions sortis de la maison à tâtons, gloussant lorsque nous accrochions une table ou une commode. Josaphat a même fait semblant de se cogner un orteil contre le chambranle de la porte d'entrée pour me faire rire.

«Ayoye donc, j'ai pus de petit orteil!»

Et c'était vrai qu'on ne voyait rien. Tout ce que j'apercevais, c'était le fourneau de sa pipe qui rougeoyait quand il prenait une bouffée ou qui se déplaçait un peu quand il la sortait de sa bouche pour me parler. L'odeur de vanille s'accentuait pendant quelques secondes, je sentais comme un nuage piquant passer devant mes yeux que je supposais être de la boucane. Et je me retenais de tousser.

J'avais aussi l'impression de flotter. Au couvent on nous avait parlé des religieuses qui avaient la capacité de sortir de leur corps pour s'élever vers le plafond de leur cellule, les mystiques, les thaumaturges, parce que certaines d'entre elles avaient semblait-il fait des miracles, les religieuses les plus respectées, celles qui avaient eu la chance, l'honneur d'éprouver un réel contact avec Dieu. Sans aller jusqu'à me sentir mystique moi-même, je pouvais facilement m'imaginer sortant de mon corps pour m'élever vers le ciel et percer l'obscurité pour nous regarder, tous les deux, moi dans la chaise berçante de maman, Josaphat assis à sa place en haut des marches de l'escalier. En me demandant ce que l'avenir nous réservait. Les paroles des Lacasse, leurs insinuations en fait, avaient tout de même semé quelque chose en moi qui ressemblait à un doute sinon à une menace. J'avais quitté le couvent parce que c'était la chose à faire, j'étais revenue dans ma maison natale parce que c'était normal, mais... Je ne pouvais pas concevoir ce qui se serait passé l'année prochaine ou dans cinq ans, je ne pouvais pas nous situer tous les deux ailleurs qu'ici, sur le porche, dans le noir, lui fumant sa pipe, moi me posant éternellement les mêmes questions. Le violoneux et la vieille fille. D'un autre côté – et je me suis dit que je devais y réfléchir d'une façon sérieuse –, ça ne me déplaisait pas. Loin de là. Cette vie à deux. Solitaire sans l'être.

« J'ai quequ'chose à te dire, Victoire. »

J'ai presque sursauté en quittant mon ciel imaginaire pour réintégrer la réalité plongée dans le noir.

« J'espère que c'est pas désagréable, Josaphat...

— Ça dépend comment tu vas le prendre...

— Ben vas-y. Mais laisse-moi te poser une question avant. C'est-tu parce qu'on est dans le noir que t'en profites pour me dire ça ? »

Il a ri. Ce qui m'a un peu rassurée. Ce ne devait pas être une si mauvaise nouvelle.

« Non. Pantoute. C'est juste que c'est une chose qui tombe mal pis que j'ai hésité jusqu'à la darniére menute pour t'en parler…

— Une chose qui tombe mal?

— Oui. Ça s'est décidé y a longtemps pis je peux pus reculer.

— C'est quoi? »

J'ai souri en m'entendant dire *c'est quoi*. J'étais vraiment revenue chez moi. Au couvent, j'aurais hérité d'une punition.

« J'ai été demandé pour aller jouer du violon dans une veillée à Chénéville, demain soir. Des fiançailles, je pense. Ça fait que je pars demain après-midi.

— Ça veut dire que tu vas coucher là?

— Oui. Tu vas rester tu-seule jusqu'à dimanche.

— Tu peux pas revenir après la fête?

— Y va être tard. C'est loin, Chénéville. Pis tu dois ben te douter que je serai pas à jeun. Wilbrod a beau connaître le chemin par cœur, j'y demanderais jamais ça la nuit… Pis y faut que tu t'habitues, ça va arriver assez souvent… J'avais peur que t'ayes peur, tu-seule, comme ça…

— C'est sûr que je serai pas grosse dans mes souliers, mais je suppose qu'y faut ce qu'y faut…

— J'avais pensé à reprendre un chien. Depuis la mort de Ti-Prince, y a pas longtemps, qui avait remplacé le Prince que t'as connu, j'ai pus de chien pis ça me manque. Y faut dire qu'une maison de campagne sans chien… M'as demander à Lacasse de m'en trouver un… »

Il a tiré deux ou trois bouffées de sa pipe et l'odeur est devenue écœurante.

«À moins que tu viennes avec moé…

— À Chénéville? Je l'ai traversé y a deux jours pis j'ai pas l'intention d'y retourner…

— Penses-y comme faut. T'as jamais couché tu-seule icitte, tu vas être en plein bois…

— Josaphat! J'vas quand même pas commencer à te suivre dans tes voyages de violoneux juste pour pas rester toute seule!

— Juste c'te fois-là, Victoire! Tu viens d'arriver, j'aurais l'impression de t'abandonner.

— Refaire ma valise…

— Juste une petite, juste pour une nuit. Y doit ben y avoir une auberge, à Chénéville…

— Y en a pas à Duhamel, Josaphat, pourquoi y en aurait une à Chénéville? C'est pas plus gros!

— On couchera là! Y me l'avaient offert, je coucherai quequ'part sur un sofa, ça sera pas la première fois. Pis toé, ben y te trouveront ben une chambre, tu vas voir, c'est une grande maison…»

J'ai répondu sans réfléchir. Sans doute pour éviter de m'imaginer seule à la maison pendant toute une nuit, au fond des bois comme venait de le dire Josaphat. Après la protection inviolable du couvent pendant si longtemps, c'était vrai que l'idée de me retrouver vulnérable et sans défense – mais contre quoi, mon Dieu, contre quoi? l'obscurité? les bruits de la nuit? – m'effrayait un peu.

«On partirait à quelle heure?»

« C'est-tu vrai, maman, que vous pouvez le remplacer ?

— Oui, Violette. J's'rais même obligée de le faire
si y s'en allait.

— Pensez-vous qu'y était sérieux quand y a menacé
de tout laisser tomber ?

— Je le sais pas. J'espère que non.

— Y faudrait en chercher un autre…

— Oui, Mauve, y faudrait en chercher un autre.

— Ici, dans la région ?

— Peut-être pas. Peut-être qu'y faudrait partir pour
en trouver un autre ailleurs. On l'a déjà fait. Souvent. »

Leur mère referma le couvercle du piano. Elle
venait d'improviser une sonate qui existait déjà depuis
longtemps. Elle s'installait chaque après-midi à son
instrument et, pendant une heure ou deux, inventait
des airs composés des centaines d'années auparavant,
qu'elle oubliait aussitôt pour y revenir le lendemain ou
la semaine suivante. Une musique magnifique, parmi
les plus belles jamais composées, dont elle se doutait
qu'elle n'en était pas l'auteur sans pour autant se
sentir coupable. Comme pour les morceaux de violon
qu'elle avait enseignés à Josaphat et dont il se croyait,
lui, le compositeur. Aucune feuille de musique ne
traînait dans le salon du château transparent posé sur

la rive du lac Gagnon. Elle n'en aurait pas eu besoin. Elle connaissait le répertoire par cœur.

« Faudrait d'abord récupérer le violon, non ?

— Oui, Rose, faudrait d'abord récupérer le violon.

— Mais c'est rendu son gagne-pain, à c't'heure…

— Faudrait qu'y s'en trouve un autre.

— Vous pourriez pas y laisser celui-là ? »

Sa mère s'est tournée vers elle, un sourire d'une grande tristesse sur les lèvres.

« Je sais que tu l'aimes beaucoup Josaphat, Rose. Mais les règles sont les règles. Faudrait récupérer le violon, parce que ce violon-là est unique, pis aller ailleurs chercher un autre… peut-être que le mot juste est candidat. Ça a toujours été comme ça. Chaque fois une grande déchirure. Toutes les femmes pis tous les hommes qui ont fini par nous quitter, par nous abandonner dans certains cas, ont été regrettés et pleurés. Parfois longtemps, d'autres fois moins. Mais y en a pas un, y en a pas une qui a gardé le violon.

— J'm'en souviens pas.

— Moi non plus.

— Moi non plus. J'me souviens de ben des affaires, mais pas de ça…

— C'est pour vous protéger.

— Nous protéger de quoi ?

— Des souvenirs qui font mal. Parce qu'on est là depuis longtemps pis pour ben longtemps encore.

— Ça fait mal, aussi, maman, de pas se souvenir.

— Moins. Ça fait moins mal. »

Le cliquetis des broches. Le front soucieux, elles s'étaient toutes trois remises à l'ouvrage. Rose, Violette, Mauve. Concentrées et sérieuses. Mais elles avaient constaté une chose récemment : les pattes de bébés qu'elles tricotaient disparaissaient au fur et à mesure qu'elles les terminaient. Pour la première fois depuis longtemps, aucune femme n'était enceinte dans la région... Le vieux curé Boissonneault avait beau hurler du haut de sa chaire, rien n'y faisait, ni les menaces ni les supplications – *n'oubliez pas que nous avons un peuple à sauver !* –, les femmes baissaient les yeux, mais aucune d'entre elles ne montrait des signes de gestation. Une femme à qui il avait directement posé la question lui avait répondu : *Après le feu du village d'à côté, monsieur le curé, ça vaut pus la peine de mettre des enfants au monde, c'est trop dangereux. Surtout quand on pense que le bon Dieu lui-même a permis une affaire pareille !*

«Vous vous souvenez de toute, vous, hein maman ?

— Toute, je le sais pas. Mais je me souviens.

— Pis vous savez aussi ce qui va venir.

— Mauve, j't'ai déjà dit de pas me poser de questions sur l'avenir.

— Oui, je sais. Mais je voudrais juste savoir une chose...»

Un long soupir de résignation.

«Vas-y. Pour une fois...

— Quand vous regardez dans l'avenir, Josaphat est-tu avec nous autres ? C'est juste ça que je veux savoir.»

Florence a posé ses mains sur ses genoux. Elle a réfléchi quelques secondes en baissant la tête. Et a répondu en se levant du banc de piano. Sans doute pour aller mettre la bouilloire sur le feu.

«Oui.

— Pis... y est-tu heureux ?

— Des fois, oui. Mais la plupart du temps, non.

— Son violon y suffit pus ?

— Son violon y a jamais suffi. Là, y est au bord de vivre une des plus grandes pis des plus belles expériences de sa vie, mais une expérience qui, en même temps, va le perdre…

— Victoire ?

— Victoire. »

Je ne me souvenais pas d'avoir eu autant chaud de toute ma vie.

Je me retournais dans mon lit depuis des heures. L'air était immobile, lourd, humide. Je m'étais levée à plusieurs reprises pour boire un peu d'eau. Mon oreiller était mouillé, mon corps en sueur. J'avais même utilisé les nouvelles bécosses pour la première fois parce que je savais que je serais seule à la cuisine et que je n'aurais pas à salir mon pot de chambre.

Et je pensais à la journée que je venais de passer. Ma visite à Duhamel – on avait donc déjà commencé à commérer à mon sujet –, mon retour à la maison en compagnie de Ti-Ouis Lacasse, l'idée saugrenue qui était venue à Josaphat de lui demander de rester à manger avec nous, à midi, le repas hanté par l'odeur écœurante de notre invité – manger de la graisse de rôti en compagnie de quelqu'un qui sent le pipi séché n'est pas la chose la plus agréable du monde –, et son manque de manières à table, l'après-midi passé à essayer de digérer mon repas – quelle idée de manger de la graisse de rôti par une chaleur pareille! –, et cette image du dos de mon frère en sueur qui refusait de s'effacer!

J'avais vu le corps nu de Josaphat des centaines de fois pendant notre enfance – *Joséphat* (c'est comme ça que ma mère l'appelait), *fais pas exiprès pour prendre ton temps pour mettre ton costume de bain, on les a déjà vues, tes fesses, pis y nous intéressent pas!* – et ça ne m'avait jamais dérangée. Même quand nous prenions notre bain ensemble dans la grande bassine posée au milieu de la cuisine, le samedi soir, sa vue ne soulevait rien de particulier en moi. Il me frottait le dos, je lui frottais le dos sans arrière-pensée. Mais là… comment dire… ce n'était plus le corps de mon frère, je découvrais celui d'un homme, d'un très bel homme, qui marchait devant moi en se déhanchant, souple, bien bâti et… c'était le mot que je voulais éviter dans mon insomnie et qui revenait sans cesse, désirable.

Désirable? Mais quelle sorte de désir? Celui de le toucher? Ou de l'essuyer avec un linge propre? Plus? Je me retournais une fois de plus dans mon lit, je donnais un centième coup de poing dans mon oreiller, m'enfouissais la tête dans les plumes en serrant les yeux dans l'espoir de voir venir le sommeil. Et l'image revenait… Le remords, déjà. Avant la chose. Le remords d'y penser parce que la seule pensée du dos de mon frère était un signe de culpabilité? Et s'il se retournait? Qu'arriverait-il s'il se retournait vers moi?

On nous avait peu parlé des *choses de la vie* au couvent, et à mots couverts, peut-être pour s'assurer qu'on n'y comprendrait rien en innocentes couventines – et même novices – que nous étions et que nous devions rester. Et, en effet, je n'y avais rien compris. Mais j'en savais assez pour deviner que la crise que je passais cette nuit-là n'était pas naturelle, que ce désir, cette attirance plutôt, brutalement physique qui passait par les yeux et le nez dépassait les liens de parenté, qu'elle n'était qu'une réaction… bestiale? L'animal en moi réagissait normalement alors que la petite catholique qu'on avait élevée dans le scrupule et, depuis sept ans, la honte de son corps, se rebiffait devant une pensée coupable? Une pensée coupable. Se laisser aller à une pensée coupable ou lui résister… Après tout, une pensée n'est pas un fait accompli, c'est fugace, ça passe, ça s'oublie. Mon père, je m'accuse d'avoir eu des pensées coupables… Rien de tangible. Ça ne veut rien dire. Des pensées coupables. Des riens. Des rêves éveillés. Au moment même où j'ai accepté l'idée de la pensée coupable et de son insigni-fiance, et sans sentir le besoin de m'y attarder encore, je me suis endormie dans la moiteur du petit jour.

En pensant au dos de Josaphat.

J'ai toujours connu Josaphat comme un être doux, paisible, plus souvent qu'à son tour silencieux. Enfant, il pouvait jouer pendant des heures avec un bout de bois ou rester assis sous un arbre, les mains derrière la tête, à rêvasser. Papa avait trouvé dans son ency-clopédie une citation qu'il répétait sans cesse à mon frère: *L'avenir appartient aux audacieux, Josaphat, pis toé, ben, t'as pas l'air d'en être un!* Un rêveur, voilà ce qu'il avait toujours été. Je le suivais partout, c'était mon grand frère, il avait pour tâche de me protéger, de prendre soin de moi, et il le faisait avec un sérieux parfois déconcertant. Il ne me chicanait pas quand je m'écorchais les genoux sur les pierres de la route, ou que je me retrouvais les deux pieds dans la crique, que nous appelions le cric – *va chercher de l'eau dans le cric, baigne-toé pas dans le cric, l'eau est trop frette* –, il n'essayait pas non plus de me semer comme l'aurait fait tout autre grand frère exaspéré par la présence de sa petite sœur agitée – je l'étais souvent. Il ne semblait jamais exaspéré par ma présence. Il jouait son rôle de protecteur, un protecteur placide, à l'humeur égale. Il s'animait un peu quand il me racontait une histoire, mais il ne la mimait pas comme l'aurait fait notre père en faisant de grands gestes et en s'essoufflant. Ses récits étaient aussi beaux que ceux de papa, dans le verbe cependant, le choix des mots plutôt que dans l'agitation. C'était plus des récits poétiques que des histoires à faire peur. Qui finissaient quand même par me terroriser parce qu'au royaume des gnomes et des trolls, rien n'est rassurant.

Alors le Josaphat que j'ai découvert aux fiançailles de Chénéville fut pour moi plus qu'une révélation, un choc.

Nous étions arrivés vers la fin de l'après-midi après un trop bref voyage pour notre jeune Wilbrod qui aurait bien continué jusqu'à Saint-André-Avellin si on l'avait laissé faire. On aurait dit qu'il protestait lorsque d'un claquement de langue Josaphat lui avait ordonné d'arrêter devant la belle maison – sûrement l'une des plus riches du village – où aurait lieu la fête. Seule une grosse carotte surgie de la poche de mon frère avait réussi à le calmer. Et les mots qu'il lui avait glissés à l'oreille. Comme dans la légende de saint François d'Assise – celle-là répétée à de trop nombreuses reprises par le curé du haut de sa chaire –, Josaphat parlait souvent aux animaux. Aux vaches dans le pacage de l'autre côté de la route, à notre chien Prince qui l'écoutait en branlant la queue et dont la perte fut un des grands malheurs de notre enfance, peut-être le plus grand, aux cochons de monsieur Côté, un voisin, dont la puanteur du purin parvenait jusqu'à notre maison quand le vent s'en mêlait. Aux cochons, il disait qu'ils étaient beaux alors qu'ils me répugnaient ; aux vaches qu'elles étaient rusées alors qu'elles le regardaient avec leurs yeux globuleux d'où n'émanait aucune sorte d'intelligence ; et à Prince qu'il l'aimait, ce qui était la stricte vérité.

Tout ce temps-là je l'admirais et lui tolérait ma présence souvent turbulente avec une patience d'ange.

Une grosse femme déjà échevelée, ou pas encore coiffée, a dévalé l'escalier de l'immense galerie qui semblait faire le tour de la maison et s'est jetée sur lui en poussant des grands cris – *te v'là, te v'là, on avait assez peur que tu viennes pas, tu nous avais pas donné de tes nouvelles !* – et l'a embrassé sur les deux joues.

« M'as dire comme on dit, Joséphat, des fiançailles sans musicien c'est pas des fiançailles !

— J'vous avais donné ma parole, madame Robitaille… Pis vous m'aviez payé d'avance…

— Oui, mais t'as pas répond à l'invitation !

— Fallait répondre ? »

Elle partit d'un énorme rire qui fit frissonner les oreilles de Wilbrod. Il lança un hennissement de protestation.

Madame Robitaille s'était alors tournée vers moi.

« T'as emmené ta blonde avec toé ? »

Ça commençait bien.

« Non, c'est ma sœur Victoire. »

Petit moment de silence.

« La sœur défroquée ? »

La nouvelle avait donc débordé jusqu'à Chénéville.

Josaphat m'a coupé la parole ; il avait sans doute peur de ce que je pouvais répondre…

« Victoire est pas défroquée, madame Robitaille. A'l' a jamais eu l'intention de devenir une sœur…

— Que c'est qu'a' faisait au couvent, d'abord ? »

Elle parlait de moi comme si je n'étais pas là. J'ai fait savoir d'un coup d'œil à Josaphat que je voulais répondre moi-même.

« Je voulais parfaire mon éducation, madame Robitaille.

— Parfaire ? Pour quoi faire ? Que c'est que tu vas faire avec une éducation parfaite ? Nous autres, on avait entendu dire qu'une fille de Preston était rentrée sus les sœurs, pis on était ben contents pour ta famille…

— Je n'ai jamais prétendu vouloir devenir religieuse…

— Ben ta mère, Dieu la bénisse, était une sautadite menteuse, d'abord ! »

Encore. Comment lutter contre les exagérations de sa propre mère ? J'ai abdiqué en baissant la tête.

De rage.

Fière de son coup, madame Robitaille a pris Josaphat par le bras en lui montrant la galerie.

« V'nez prendre un petit coup avec nous autres. Le party est déjà commencé depuis le matin… »

Au moins, elle m'incluait dans le groupe !

Quelqu'un était venu chercher Wilbrod et la calèche. Prévoyant un repas de son et d'avoine, et peut-être même un bon brossage, le cheval l'avait suivi sans protester, se contentant de jeter un coup d'œil à Josaphat.

J'ai suivi madame Robitaille et Josaphat en soupirant.

Pour découvrir un frère dont je ne soupçonnais pas l'existence.

J'ai vite compris que nous nous trouvions dans la maison du maire du village de Chénéville, Ovila

92

Robitaille, un homme gros, poussif et qui respirait comme quelqu'un qui souffre d'emphysème grave, chose que Josaphat avait omis de me dire – pour le maire, pas pour l'emphysème. Il avait quand même le cigare aux lèvres et saluait ses visiteurs sans l'enlever de sa bouche. Peut-être croyait-il que ça lui donnait une mine prospère; à mon avis il avait juste l'air impoli. Surtout que son plastron était déjà sali par la cendre de ses trop nombreux cigares. De belles taches grises sur fond blanc. Poignée de main plutôt molle pour un homme politique et, bien sûr, moite. Lui aussi a passé une remarque – franchement désobligeante, celle-là – sur les années que je venais de vivre au couvent. L'arrogance des nantis qui se croient tout permis. Je l'aurais giflé. Je n'étais pas une religieuse défroquée ni une vieille fille!

Beaucoup de monde s'entassait dans le grand salon, coupe à la main en attendant qu'on annonce que c'était le temps de passer à table: des dames chic – sans doute des épouses de notoriétés locales, le docteur, le notaire –, d'autres, plus discrètes, qui essayaient, aurait-on dit, de se faire oublier – les épouses de l'épicier, du cordonnier, du propriétaire du magasin de fer –, leurs maris, les uns fanfarons, les autres de toute évidence impressionnés par ce qui les entourait, ameublement clinquant, tableaux d'une grande laideur, surtout des marines, détonnant dans une maison perdue dans le bois, mais peut-être que madame Robitaille venait d'un bord de l'eau quelconque, *doilies* d'un blanc douteux posés sur le dossier des fauteuils et des sofas, lampes et bibelots hétéroclites, tous, sans exception, gros et hideux. Et les autres. Les fermiers du coin endimanchés et leurs femmes – eux tirant sans cesse sur leur col trop serré, elles les yeux baissés, les mains jointes devant leur jupe –, et leur progéniture bruyante qui courait partout en criant, faute de pouvoir faire autre chose pour passer le temps, les simples électeurs qu'il fallait bien flatter de temps à autre en prévision des élections qui n'étaient jamais très loin. Montrer une fausse générosité pour profiter d'une vraie. Acheter des votes avec des fiançailles qui, de toute façon, seraient payés par la mairie.

Dans quoi m'étais-je embarquée, mon Dieu?

On m'a offert une coupe de ce qui semblait être du champagne, en tout cas ça moussait, j'ai demandé un verre d'eau.

À mon grand étonnement Josaphat évoluait en connaisseur au milieu de tout ça, l'étui à violon sous le bras et un sourire, un vrai, aux lèvres. Bien différent de ce qu'il était à la maison. Moins taciturne. Plus décontracté. Je me suis dit que j'étais en train de le regarder gagner sa vie, qu'il jouait là un rôle que son état de violoneux lui imposait, et j'ai détourné les yeux.

Dans un coin du salon, col romain et soutane bien repassée, le curé me regardait. Un autre qui me jugeait. L'ingrate qui avait refusé la plus haute distinction qui pouvait couronner une fille de la campagne, la vie religieuse, cet honneur incomparable d'être l'épouse de Jésus-Christ. Il était flanqué de ce qui devait être sa servante, une cousine, une sœur, une parente dans le besoin. Une femme qui le bichonnait, lui qui avait choisi le célibat et la chasteté. Et à qui son Église – la mienne! – avait conféré le droit de me condamner de les avoir refusés.

Puis parurent les fiancés que je reconnus aux applaudissements qu'ils déclenchèrent à leur arrivée.

Une plantureuse jeune fille rougeaude, très jolie – la fille de sa mère –, et un freluquet plus petit qu'elle qui semblait gêné d'exister. Ils se tenaient par la main et recevaient les félicitations de circonstance avec un sourire timide. J'y suis moi-même allée d'un petit compliment – elle me dit que nous nous étions déjà affrontées dans une joute d'élocution, à l'école de Saint-André-Avellin, ce que j'avais complètement oublié – avant de me retirer dans un coin. Loin du curé et de sa servante.

La boisson aidant, les esprits commençaient à s'échauffer et le ton montait de façon dangereuse lorsqu'une jeune fille, sans doute une des servantes, a ouvert les portes qui donnaient sur la salle à manger en lançant d'une voix presque inaudible un timide *madame est servie*. C'était sûrement la première fois de sa vie. Une autre qui gagnait sa croûte en jouant un rôle imposé.

Tout le monde s'est tu. Il y eut comme un flottement. Les gens se regardaient sans oser continuer leurs conversations. Puis j'ai vu madame Robitaille faire un léger geste en direction de la femme du docteur qui, immédiatement, s'est dirigée vers les deux portes de la salle à manger en prenant son mari par le bras. Quelques notables les suivirent. Et j'ai compris que tout le monde n'était pas invité, que seules les personnalités *importantes* de Chénéville, celles qui *comptaient*, seraient admises à la table des fiançailles et que pour les autres la fête était terminée.

Quand les élus furent tous entrés dans la salle à manger, madame Robitaille s'est tournée vers les autres, les parias, et leur a lancé avec une voix haut perchée et ce qu'elle devait prendre pour un accent français :

«Merci à tous d'être viendus!»

Puis elle a fermé les portes de la salle à manger derrière elle.

Les désormais indésirables – ils avaient sans doute servi à remplir le trop grand salon, de simples figurants que la mairesse pouvait utiliser à sa guise, bien chanceux d'avoir bu et mangé des petits fours à ses frais – se retournèrent d'un bloc vers la porte de sortie.

La maison fut vidée en moins de deux minutes.

En silence.

Aucune protestation. C'était comme ça.

J'ai eu envie de les suivre. Josaphat m'a retenue par la manche.

« C'était arrangé de même, Victoire. J'avais oublié de te le dire.

— Pis nous autres ?

— On peut rester. On va manger la même chose que tout le monde, mais dans la cuisine.

— C'est toujours comme ça ? Les fêtes oùsque tu vas jouer du violon, c'est toujours comme ça ?

— Non. Pas quand c'est chez les habitants. Chez les habitants, quand y invitent les notables de la place, y les invitent aussi à manger… »

J'étais furieuse. J'avais subi pendant sept ans la hiérarchie des religieuses, leur pingrerie, les innombrables injustices de leur communauté centrée sur l'oubli de soi et l'humiliation, et j'avais oublié celle – peut-être parce que j'avais quitté mon village trop jeune pour en avoir vraiment souffert – qui régentait ma petite société, surtout chez nos nantis qui, dans une grande ville, auraient sans doute été traités eux-mêmes comme des indésirables. On est toujours l'inférieur de quelqu'un d'autre.

J'ai posé mon verre sur une table basse et je me suis dirigée vers ce que je croyais être ce que les religieuses appelaient au couvent *les offices*, où s'agitaient en permanence les religieuses les moins instruites, servantes qui ne coûtaient rien à la communauté, trop heureuses de s'être assurées, et pour toujours, un gîte et de la nourriture.

Je dois avouer que la dinde rôtie était délicieuse et que j'en ai redemandé malgré la chaleur suffocante qui régnait à la cuisine. Après le voyage qui nous avait conduits de Duhamel à Chénéville, j'avais faim et je ne voyais pas la raison pour laquelle j'aurais refusé de me nourrir aux frais du maire et de la mairesse. Tout le long du repas on pouvait entendre, venant de la salle à manger, des bribes de discours, des applaudissements qui devaient suivre des toasts à la santé de la plantureuse fiancée et de son freluquet élu de son cœur, probablement le fils du docteur ou d'un autre riche du village. Et, bien sûr, des prières lancées par le curé qui, plus tôt, m'avait jugée indigne d'un simple petit signe de tête.

Pendant ce temps-là Josaphat, qui avait peu mangé pour, avait-il dit, ne pas se sentir lourd pendant qu'il jouait du violon, passait ce qu'il m'a expliqué être un morceau d'arcanson sur les crins de cheval de son archet.

«Ça rend mon archet plus souple, pis y paraît que ça embellit le son du violon quand mon archet se frotte sur les cordes…»

Je l'ai regardé droit dans les yeux.

«Où c'est que t'as appris tout ça, Josaphat?»

Toujours son même si beau sourire.

«Si je te disais que j'ai appris tout ça tout seul?

— J'te croirais pas, Josaphat.»

Il s'est penché à mon oreille.

«Qu'est-ce que tu fais de l'encyclopédie de papa?

— J'dirais qu'elle a le dos large, l'encyclopédie de papa. »

Nous n'avons pas eu de dessert, les invités de la grande table ayant englouti le gâteau de fiançailles au grand complet.

En déposant mon couvert à côté de l'évier, une idée m'est venue.

« Josaphat... Pourquoi un repas de fiançailles ? Pourquoi pas attendre au mariage ? »

Il remettait le violon dans son étui qu'il a refermé avec grande délicatesse.

« C'est assez plate icitte, Victoire, que toutes les raisons sont bonnes pour fêter... N'importe quoi, n'importe quand. Tu vas voir, tout à l'heure y vont te montrer un côté d'eux autres que t'aurais jamais soupçonné... »

J'étais loin de me douter que mon frère aussi me montrerait un côté de lui que je n'aurais jamais soupçonné.

Il commençait à se faire un peu tard – au couvent j'aurais été au lit depuis longtemps – lorsque madame Robitaille a fait irruption dans la cuisine.

« Vite, Joséphat, c'est le temps. On est prêtes à commencer. J'espère que t'es prête là, parce que nous autres on l'est ! »

Puis elle a disparu en direction du salon.

Josaphat s'est levé de table, a sorti son violon de son étui avec mille précautions, comme s'il cueillait un enfant dans son berceau, et l'a suivie.

J'étais juste derrière lui. Il s'est retourné avant d'entrer dans la grande pièce où se faisait entendre un bourdonnement de foule impatiente.

« Ça va être long, Victoire, installe-toi dans un bon fauteuil.

— J'veux te voir en action, Josaphat. J'veux savoir pourquoi y t'ont fait venir jusqu'ici.

— Ben… r'garde pis écoute…»

Je me suis appuyée contre le chambranle de la porte du salon pendant que Josaphat allait se placer au milieu de la pièce en jouant un peu du coude pour qu'on le laisse passer.

«La musique arrive! La musique est arrivée! Poussez-vous tout le monde, faites de la place…»

On le reçut avec des cris et des applaudissements. La fiancée, malgré son embonpoint, sautait sur place d'excitation en tapant dans ses mains.

Après un profond salut Josaphat a placé son instrument sur son épaule, y a posé le menton, a levé son archet bien haut dans les airs et m'a lancé un clin d'œil. *C'est pour toé que je fais ça.*

Un démon.

Un démon s'est emparé du corps de mon frère aussitôt que l'archet a touché les cordes du violon. Un rigodon d'une vitesse folle est monté dans le salon, un tourbillon de notes délirantes qui s'éparpillaient dans l'air et vous frappaient au cœur, un air sans queue ni tête mais irrésistible, une musique qui vous happait, qui vous donnait le goût de vous lancer au milieu de la pièce et de vous perdre, de vous noyer, dans son rythme effréné, une tempête, un cyclone, un orage inattendu qui vient sauver les récoltes parce qu'il n'a pas plu depuis longtemps et qui vous apporte le bonheur tant promis mais jamais livré, une musique heureuse! Une musique heureuse qu'engendrait mon frère pourtant si facilement taciturne! Un géant qui venait de crever sa gangue et qui jouissait de sa nouvelle liberté, Josaphat s'était mis à giguer comme un fou furieux, il tapait du pied sur le plancher de bois qu'on avait débarrassé de son vieux tapis élimé, il tournait sur lui-même comme une toupie qu'on vient de lancer au bout de son fil, il turlutait, il chantait à tue-tête des paroles incompréhensibles, il était partout à la fois et les invités, sous le charme, se démenaient, se déhanchaient, giguaient, les robes se soulevaient trop haut et laissaient voir les jambes des danseuses, les hommes riaient trop fort tout en zyeutant le spectacle qui leur était offert, le plancher semblait vouloir s'écrouler sous le poids des pas de danse. Le premier morceau fut ovationné mais Josaphat, insensible aux cris et aux applaudissements, enchaîna aussitôt avec un reel que je connaissais bien pour l'avoir entendu des dizaines de fois dans des fêtes, des mariages et même quelques funérailles où on avait décidé de se saouler et de rire pour exprimer sa peine. La danse reprit de plus belle et Josaphat, autre surprise, se fit *caller* comme dans les festivités du samedi soir que les curés avaient décrétées païennes mais auxquelles aucun village ne pouvait résister – *swigne la baquaisse dans le fond de la boîte à bois, changez de côté, vous vous êtes trompés, la chaîne des dames, la chaîne des hommes* –, et les hommes faisaient swigner la baquaisse, les rondes s'inversaient dans des éclats de rire parce que les plus jeunes et les moins habiles rataient un pas, la chaîne des dames se formait, puis celle des hommes, main tendue aux autres, camaraderie rarement exprimée, légers attouchements en toute autre circonstance défendus. J'ai pensé à la légende de Rose Latulipe et je me demandais si les souliers des dames n'étaient pas ensorcelés, s'ils n'allaient pas les entraîner malgré elles dans une ronde sans fin, si elles n'allaient pas s'écrouler mortes d'épuisement au petit matin, victimes et proies du diable en personne qui allait les entraîner dans son enfer où les attendaient tous les châtiments promis à ceux qui osaient, comme ce soir, comme en ce moment même, dévier du droit chemin parce que danser était pécher.

Josaphat en diable! Image saugrenue mais non sans charme.

À un moment donné j'ai vu le curé se lever du fauteuil où il s'était retiré dans un coin reculé du salon en compagnie de vieilles grenouilles de bénitier, traverser la foule, rouge de rage, et sortir en fermant la porte qu'on n'entendit pas claquer à cause des rires et de la musique. Les séances de confessions seraient plus longues dans les semaines à venir et plus cuisantes pour les pénitentes. Quant aux pénitents… tout leur était toujours pardonné de toute façon et ils s'en sortiraient indemnes comme d'habitude.

Entre deux rigodons madame Robitaille a demandé qu'on ouvre toutes les fenêtres et toutes les portes de la maison pour essayer de produire un semblant de courant d'air. En effet, la moiteur qui régnait dans le salon était suffocante et chargée d'odeurs corporelles pas toujours agréables. J'ai rapproché ma chaise de la porte d'entrée. Les nuits d'août se faisaient moins lourdes et j'ai pu respirer un peu mieux. Je serais bien sortie sur l'immense galerie pour me rafraîchir, mais je voulais continuer à regarder Josaphat zigonner son violon. Le démon à l'œuvre. L'ensorceleur capable de faire danser jusqu'à l'épuisement des gens qui venaient de trop manger et de trop boire.

Pendant ses courts moments de répit, il sortait son grand mouchoir carreauté et s'essuyait le visage et les mains. Et avant de recommencer à jouer du violon, il me regardait en souriant. Le sourire que je lui rendais ne semblait pas le satisfaire parce qu'il a froncé les sourcils à plusieurs reprises. *Épuise-toi pas. Inquiète-toé pas. Ça va-tu être encore long? Oui.*

Et ce le fut. J'ai pensé à plusieurs reprises qu'il tomberait d'épuisement avant les danseurs, qu'il s'écroulerait sur le plancher de pin au milieu d'un reel ou d'un rigodon et qu'il faudrait le ranimer avec des sels d'ammoniac. Non. Il a tenu le coup jusqu'à minuit. Et minuit tombant un dimanche, jour où on n'avait pas le droit de danser, monsieur le maire Robitaille, au son des douze coups de la vieille horloge dont le désagréable tic-tac avait été enterré pendant quelques heures, a levé les bras et a entonné le *Ô Canada*, ce qui mit fin sur-le-champ à la fête.

Les invités, ivres et épuisés, mirent plus de temps à quitter la maison que les parias du début de la soirée. Les femmes, reprenant leur dignité, lissaient les jupes de leurs robes comme si celles-ci s'étaient relevées à leur insu pendant toute la soirée, les hommes plastronnaient et faisaient des farces plates, émoustillés parce qu'ils avaient aperçu quelques pieds de femme et même quelques mollets, denrées inconnues à Chénéville où les femmes préféraient traîner leurs jupes dans la boue, après un orage, plutôt que de les relever. Quant aux enfants, on en avait réveillé quelques-uns, les plus vieux, et on portait les autres, rare occasion pour eux de se retrouver dans les bras de leurs pères habituellement froids et distants. Une fois de plus, comme dans ma jeunesse, j'ai remercié le Ciel d'avoir eu le père qu'il m'avait donné. Les adieux furent brefs, les remerciements courts, tout le monde étant épuisé et incapable de quelque effusion que ce soit.

Quand vint le moment de se coucher, madame Robitaille m'a appris avec un air faussement désolé qu'une dame de Chénéville s'était trouvée mal et qu'on avait été obligé de lui céder la chambre qu'on me destinait.

« Ton frère est trop bon violoneux, Victoire, y l'a épuisée ben raide pis est allée s'écraser à ta place. Y a pus moyen de la réveiller…

— C'est pas grave, madame Robitaille, j'vais me trouver un fauteuil quelque part…

— Y a deux sofas dans le salon, tu pourrais peut-être prendre celui qui est à côté de celui de ton frère… »

Pour faire de la place aux danseurs on avait poussé les deux grands sofas du salon face à face dans le coin près d'une des fenêtres. L'idée de dormir dans l'odeur forte qui flottait autour de nous ne m'enchantait pas trop et je me voyais mal dormir à côté de mon frère. Face à face, comme ça, à peine séparés par une petite table basse. On aurait dit une alcôve qui attendait qu'un couple s'y glisse….

« Est-ce qu'on pourrait séparer un peu les deux sofas… »

Madame Robitaille avait haussé les épaules où luisait encore un restant de sueur.

« Vous ferez ben ce que vous voudrez. Moi, en attendant, j'vas me coucher. C'est ben beau les partys qui finissent tard, mais y a la messe, demain matin… »

Pas de bonsoir, pas de remerciements, pas de félicitations au musicien, elle nous a tourné le dos et a disparu dans l'escalier qui menait à l'étage.

« Éteindez les lampes avant de vous coucher. Le feu… »

J'ai voulu demander à Josaphat de m'aider à pousser le sofa et je me suis rendu compte qu'il dormait déjà, tout habillé. Il avait posé l'étui à violon sur la petite table et n'avait même pas pris la peine de retirer ses vêtements ou même de les détacher. Il ronflait, bouche ouverte, et avait de légers sursauts, comme un chien qui rêve.

Je suis allée me déshabiller aux toilettes. Celles des Robitaille étaient beaucoup plus impressionnantes que les nôtres, plus vastes aussi, mais le système était le même : une chaise percée, un seau d'eau qu'on venait sans doute de changer parce que ça ne sentait rien. Mon père aurait dit : *On est toutes pareils, ça rentre par le même bord, pis ça sort par le même bord ! Les riches pis les pauvres, les prêtres pis leurs paroissiens. Les prêtres laissent la même senteur dans les bécosses que toé pis moé, oublie jamais ça !* Un bouquet de roses des champs était posé à côté du broc à eau, sans doute un cadeau pour la fiancée qu'on avait sacrifié dans l'espoir de masquer les odeurs désagréables qui s'ajouteraient les unes aux autres.

Je me suis regardée dans le petit miroir accroché au mur à l'aide d'un simple clou. Pour ma première fête à ma sortie du couvent, j'avais été servie ! Tout ce débordement de cris, de sautillements, cette chaleur insupportable, et mon frère, au milieu, qu'on aurait dit possédé tant il était méconnaissable. Mais quel musicien ! Et quel *caller* !

J'espérais que madame Robitaille ne verrait pas ma jaquette de novice à ma sortie du lit, le lendemain matin. Je l'imaginais dans un déshabillé chic importé de Montréal alors que tout ce que j'aurais à lui montrer serait ma jaquette en coton écru usée par des centaines de nuits au couvent.

J'ai repris la lampe à huile que j'avais apportée avec moi, j'ai traversé le rez-de-chaussée de la maison. Je pouvais entendre les ronflements de mon frère avant même d'atteindre le salon. Mon premier ronflement d'homme, moi qui ne connaissais que les légers souffles des couventines avec lesquelles j'avais partagé un grand dortoir pendant si longtemps. Josaphat s'était beaucoup démené, il émanait de lui une odeur d'homme qui a eu chaud, celle de mon père qui revenait de ses randonnées dans les bois en criant : *Approchez-moé pas, j'sens le p'tit canard à la patte cassée!* À mon grand étonnement j'ai trouvé cette odeur réconfortante. Je pourrais même dire que je la humais avec un certain plaisir. C'était piquant et fade à la fois. Je me suis laissée aller à imaginer que le piquant venait de l'effort et que la fadeur était l'arôme naturel de l'homme.

Les deux canapés étaient très près l'un de l'autre, et se faisaient face. J'ai dû me faufiler pour atteindre les draps frais et l'oreiller qu'on avait posés sur le mien. Pas besoin de couverture même si une petit fraîcheur entrait par la porte qu'on avait laissée ouverte. On n'avait peur ni des renards ni des chevreuils chez les Robitaille. Je n'ai pas éteint la lampe à huile. J'ai regardé Josaphat dormir. Même la bouche ouverte et les sourcils froncés, même agité de soubresauts de chien fou – rêvait-il qu'il jouait encore de son instrument pour une foule agitée? –, il était beau. Je retrouvais le visage que j'avais quitté sept ans plus tôt, mûri, bien sûr, sans cependant être celui d'un adulte. Un relent d'enfance restait accroché à ses traits et j'espérais qu'il ne le perdrait jamais. Si j'avais étiré le bras, si j'avais déplié le doigt, j'aurais pu le toucher. J'ai failli le faire. À plusieurs reprises. Est-ce que ça le réveillerait? Et que dirait-il? Quand il était malade, maman pouvait passer des heures assise sur son lit à changer les linges mouillés qu'elle posait sur son front pour faire tomber la fièvre. Il lui est arrivé de me demander de la remplacer. Il disait merci, Victoire, t'es ben fine, et je lui prenais la main. Il m'a souvent dit que c'était cette main qui l'avait guéri, je lui répondais que ce n'était pas gentil pour maman. Ce à quoi il répliquait en riant que je devais avoir un don, que cette main était sans aucun doute miraculeuse. Sainte Victoire de Preston, la guérisseuse de la Gatineau.

Je me suis levée, je me suis agenouillée à côté de son sofa et je lui ai pris la main. Il n'a pas bronché ou, plutôt, il a continué à jouer du violon pour une fête imaginaire sans réagir à mon frôlement. J'ai appuyé la tête à côté de la sienne et je me suis aussitôt endormie.

« Vous êtes dans la lune, maman…

— Oui. Excusez-moi.

— À quoi vous pensez ?

— Toujours la même chose ?

— Oui. Toujours la même chose.

— Pis vous pouvez pas en parler ?

— Non.

— Vous nous dites toute d'habitude.

— Non, je vous dis pas toute. Y a ben des affaires que vous savez pas.

— Pis celle-là on la saura jamais non plus ?

— Si la chose se produit, j'vais vous le dire. Si la chose est évitée, ça servirait à rien de vous en parler.

— C'est grave ?

— Oui. C'est grave. Mais c'est beau.

— Ça peut être les deux en même temps ?

— Ça arrive. Pis quand ça arrive, je sais pas quoi faire.

— Ça me surprendrait.

— Pourquoi tu dis ça ?

— Vous trouvez toujours une solution à toute, maman. Prenez l'histoire de la pleine lune pis de Josaphat, par exemple…

— C'tait un hasard. Un hasard bienvenu mais un hasard pareil. Si Josaphat nous avait pas été donné, on subirait peut-être encore chaque mois ce qu'on avait subi depuis que la dernière violoniste était morte…

— Celle qui portait votre nom ?

— Oui. Florence.

— Madame Launay…

— Une des meilleures.

— Oui. A' composait un nouveau morceau chaque mois…

— C'était dans un autre pays.

— Oui.

— Pis on parlait pas de la même façon.

— Non. Aujourd'hui, on parle comme Josaphat. Comme ceux d'ici.

— En tout cas, presque.

— Pis Josaphat, y est ben différent de Florence Launay.

— Oui. Josaphat, lui, y improvise. Pis c'est un improvisateur de génie.

— C'est à lui que vous pensiez, hein ?

— Oui.

— C'est à lui qu'y va arriver quequ'chose ?

— Oui.

— J'pense que j'ai deviné, maman.

— C'est vrai que c'est grave, maman.

— Pis que c'est beau. »

Florence s'était levée, s'était approchée de la fenêtre inexistante et avait regardé le ciel du mois d'août. Le vent faisait voyager les nuages trop rapidement à son goût.

« Y va y avoir de l'orage dans pas longtemps. Un gros. »

Elle était revenue s'asseoir sur le banc du piano devant le clavier. Elle avait fait glisser ses doigts sur les notes.

«La prochaine pleine lune va être la *luna rossa,* la pleine lune du mois d'août, la plus belle de l'année. On va peut-être en savoir plus à ce moment-là...

— Si Josaphat revient.

— Y va revenir.

— C'est lui qui a le violon, maman, y faut qu'y revienne.

— Moi je pense que ce violon-là est devenu trop important pour lui, y serait jamais capable de l'abandonner...

— Espérons que t'as raison, Violette. »

Le concert quotidien était commencé. Elles allaient tout oublier pour un moment, toutes les quatre, Rose, Violette, Mauve, leur mère, Florence.

Lorsque le piano se tut, quelques minutes ou quelques heures plus tard, après un torrent de notes et des airs d'une grande beauté, l'orage était terminé et les Laurentides, trempées, dégoulinaient.

Sans les regarder, Florence leur avait dit à voix très basse :

«Si la chose arrive, dans moins d'un an, Josaphat va venir nous chercher pour nous demander de l'aide. »

Wilbrod avait dû être bien traité parce qu'il ne voulait plus partir. Il est sorti de l'écurie tête basse en jetant un coup d'œil derrière lui à plusieurs reprises. Même la belle pomme rouge que lui a tendue Josaphat n'a pas semblé le ravir outre mesure. (Où madame Robitaille avait-elle bien pu trouver des pommes rouges en plein mois d'août dans les Laurentides?)

« Mon joual a dû passer une bonne nuit dans votre écurie, madame Robitaille, y veut pus s'en aller!»

La mairesse nous avait fait la grâce de descendre de l'étage pour enfin venir remercier mon frère avant son départ, comme elle l'avait si bien dit, d'*une performance plus que sensationnelle, une performance… sensationnelle!* Quant au maire, il devait cuver son caribou, ou tout autre alcool frelaté – mon père disait folâtré en faisant des grands yeux ronds et ça m'avait toujours fait rire –, au fond du lit conjugal.

« Notre homme engagé est ben bon avec les animaux… Y se fait vieux, mais on va le garder le plus longtemps possible… En tout cas, bon retour à Preston! J'espère que t'es pas trop fatiqué, Joséphat»? Après tout le déménage que t'as faite hier au soir, ça serait pas surprenant…»

Elle s'est alors tournée vers moi comme si elle s'y sentait obligée.

« Ça aurait été commode que tu prennes les rênes pour qu'y se repose un peu, Victoire, mais je suppose qu'on vous montre pas ça au couvent ?

— J'ai appris à conduire un cheval quand j'avais quatre ans, madame, et j'avais bien l'intention de prendre les rênes. »

Ma mère qui, malgré sa grande douceur, pouvait parfois faire des colères qu'on ne voyait pas venir et rarement expliquer – elle disait qu'elle avait la soupe au lait facile – lui aurait sans aucun doute grimpé dans le visage. Je me suis retenue en prenant une grande respiration. Je suis même allée jusqu'à lui tendre une main. Ferme, franche, au contraire de la sienne qu'on aurait pu prendre pour une motte de beurre. Jaune, molle et sans doute rance.

Un cri est venu d'une fenêtre de l'étage.

« Ma femme t'a-tu payé, Joséphat ? A' serait ben capable de faire semblant d'oublier de le faire ! »

Mon frère a soulevé son chapeau et fait un grand salut au maire penché à sa fenêtre en queue de chemise.

« Faites-vous-en pas, monsieur Robitaille, c'était fait depuis longtemps ! »

Madame Robitaille avait levé la tête en direction de son mari.

« Va donc te recoucher, toé, tu vas attraper ton coup de mort, y fait frais, à matin, pis j'vas être pognée pour prendre soin de toé ! Insignifiant ! »

Le décorum de la veille, la voix de tête, le petit accent soi-disant français, le vocabulaire approximatif, tout ça avait disparu, il ne restait plus que madame Robitaille, la femme du maire de Chénéville, petit village de la Gatineau perdu dans les forêts des Laurentides. Les célébrations terminées, le naturel reprenait le dessus.

Je me suis installée derrière Wilbrod, j'ai fait claquer ma langue, donné un léger coup de rênes sur sa croupe et nous sommes partis sans nous retourner.

Josaphat s'était assis sur le banc arrière pour s'étendre et tenter de se reposer.

«Ça va aller, Victoire?

— Ben oui. C'est pas compliqué, c'est tout droit…

— Tant qu'à ça…»

Il s'est étendu sur le banc de bois, je suppose qu'il a fermé les yeux quelques secondes, puis :

«Qu'est-ce que t'as pensé de tout ça, Victoire?»

Au couvent, j'avais eu de la difficulté à comprendre le sens exact du mot tergiverser. Les religieuses nous enseignaient à toujours dire la vérité, sans ambages, quelle qu'elle soit, agréable ou non à entendre, en essayant toutefois de l'adoucir, par pure délicatesse, si elle risquait de faire du mal à notre interlocuteur. Sinon ça s'appelait un mensonge, et un mensonge c'était un péché – un autre. Alors pourquoi ce mot existait-il, pourquoi avait-on pris la peine de l'inventer s'il ne fallait jamais en user? Sœur Marie-de-l'Incarnation, sans doute exaspérée, me répondait que si la notion existait il fallait bien la nommer et avait fini par me dire de l'utiliser dans le sens de retarder. Ou dans celui de ce mot si difficile à prononcer : procrastiner – *ça vous fera deux beaux mots nouveaux à ajouter à votre vocabulaire, Victoire.* En vérifiant le sens des deux mots dans le dictionnaire, tergiverser et procrastiner, je me suis rendu compte que l'un n'avait rien à voir avec l'autre, que tergiverser voulait tout simplement dire tourner autour du pot. J'avoue que j'ai tergiversé pour la première fois de ma vie ce matin-là en conduisant la calèche qui nous ramenait à Duhamel, Josaphat et moi, et que le pot autour duquel je tournais était pas mal gros. J'ai beaucoup parlé de la fête, de la maison des Robitaille, des invités, des élus et des parias, de la nourriture, de son jeu prodigieux pour quelqu'un qui prétendait n'avoir jamais pris une leçon de violon, j'ai parlé de la chaleur, j'ai parlé des odeurs qui avaient couru dans la maison jusque tard dans la nuit, bonnes ou mauvaises, mais j'ai omis l'essentiel, l'effet que tout ça avait eu sur moi, surtout lui, ce qu'il était en train de devenir dans ma vie et que je ne pouvais pas nommer, même pour moi toute seule, parce que c'était une aberration d'une telle puissance – et d'une telle laideur ? – qu'elle n'aurait jamais dû être consciente ou alors m'habiter, si c'était inévitable, sans que jamais au grand jamais je m'en rende compte. Une autre notion qu'on n'aurait jamais dû nommer.

Je suis restée loin des confidences, me contentant de donner des impressions générales et vagues sur la journée de la veille.

Et lorsque je l'ai entendu ronfler – *merci, mon Dieu, y écoutait pas, y était trop fatigué* –, mon soulagement a été si grand que je me suis mise à fredonner une vieille chanson irlandaise, *My Bonnie Lies Over the Ocean*, que nous chantait mon père lorsqu'il se sentait nostalgique, un air si beau, si doux qu'il mettait du baume au cœur. Nostalgique d'un pays qu'il n'avait jamais connu puisqu'il était né ici, dans la Gatineau.

Wilbrod, lui, m'écoutait, ses oreilles étaient tournées vers l'arrière et il branlait la tête comme pour m'accompagner. Il a produit quelques pommes de route que je n'ai pas prises pour des insultes. Il commençait donc à s'habituer à moi.

La coulée de verdure juste avant Duhamel traversée – j'ai encore cherché des trolls et des elfes, c'est plus fort que moi, je le ferai toujours –, nous sommes entrés en pleine lumière et Josaphat s'est réveillé.

«X'cuse-moé, ma Victoire, j'étais trop fatiqué. Trop de boisson, trop de violon, trop de brassage, pas assez de sommeil. Arrêterais-tu chez Lacasse, en parlant de boisson? On a pus de caribou…»

Ma Victoire. De la musique à mon oreille. MA victoire…

Une bien triste chose s'est produite ce soir-là. Et j'avoue que c'est ma faute. Un malheureux malentendu qui m'a plongée dans une tristesse profonde alors que j'aurais dû au contraire, si je l'avais bien interprété, en être bouleversée et réjouie. Je suis passée à côté d'un important message pourtant très clair que je n'ai pas su interpréter.

Après un repas léger – nous avions trop mangé, la veille –, la vaisselle faite, la cuisine rangée, nous nous sommes installés sur la galerie, comme nous le ferions tous les soirs jusqu'au premier gel, pour regarder tomber le soir. Et nous laisser frôler par les ailes des chauves-souris pendant que l'assourdissant concert des ouaouarons monterait du marais que nourrissait la crique tout près de la maison. Enveloppée dans un nuage de laine qui avait appartenu à maman, la tête appuyée au dossier de la chaise berçante, plongée dans l'odeur de vanille de la pipe de Josaphat, je pensais à ce qui me trottait dans la tête pendant notre voyage entre Chénéville et Duhamel, à mon invraisemblable monologue, lorsque mon frère est entré dans la maison pour aller chercher son violon.

«J'ai quequ'chose à te faire écouter…

— T'as pas assez joué, hier, Josaphat? Repose-toi donc un peu…

— La musique c'est jamais fatiquant.

— T'aurais dû te voir après la soirée…

— C'tait la danse pis le *câllage*, pas la musique… D'la musique, j'en jouerais à la journée longue sans jamais faiblir! J'me démène pour gagner ma vie, j'joue de la musique parce que j'aime ça…»

J'en étais encore une fois à me demander si je devais tout garder pour moi, mes émois, ces sentiments troubles, déjà présents avant mon départ, qui m'étaient revenus, intacts sinon plus forts, à mon retour, cette attirance que j'avais toujours réussi à cacher mais qui deviendrait vite invivable si je restais ici, avec lui, enfouir ça une fois pour toutes en essayant d'en faire abstraction, lorsqu'il est ressorti, pipe au bec, le violon au bout du bras.

«Écoute ben ça. Ça m'est venu tout d'un coup y a quequ'jours, juste avant que tu reviennes…»

Il s'est assis sur la marche du haut de l'escalier, a posé son instrument à côté de lui sur le plancher de bois usé.

«On va plutôt attendre qu'y fasse nuit noire.»

Le mauve du soir éteint, les montagnes disparues dans l'obscurité, le concert des ouaouarons apaisé, il a dit:

«Chus énervé comme si j'allais jouer dans une grande salle de concert à Montréal ou à Ottawa… Mais écoute ben ça…»

Ce qui est alors monté dans le ciel des Laurentides était la plainte la plus déchirante que j'avais jamais entendue. Un sanglot musical, un chant d'amour désespéré, une crise de larmes comme on n'en fait qu'en rêve, alors qu'on a la bouche grande ouverte pour laisser passer des hurlements de souffrance qui refusent de sortir de nous et nous plient en deux de douleur. Une douleur, oui, c'est ça, une douleur immense a éclaté dans le noir, traduite en une mélopée lancinante, lente et profonde. C'était à la fois magnifique et terrifiant. La mélodie était belle mais faisait mal. Josaphat exprimait à travers son instrument un malheur qu'il ne pouvait pas partager autrement. Il y avait là-dedans un message pour moi, je le sentais, c'est à moi que s'adressait cette confession. Et lorsque j'ai cru comprendre, je me suis redressée d'un coup sur ma chaise en portant une main à mon cœur.

Une femme.

Il y avait une femme dans la vie de mon frère. Une femme inaccessible qu'il ne posséderait jamais parce que… Quoi? Mariée? Promise à un autre? Était-elle présente, la veille? Est-ce pour elle qu'il s'était tant démené, avait-il fait le jars, le paon, pour essayer de la séduire tout en sachant, impuissant, que c'était impossible?

Je n'osais pas bouger, pétrifiée sur ma chaise. Et comment répondre? Quoi répondre? L'inciter à tout mettre ça en paroles parce que les choses non dites, je le savais depuis longtemps, pouvaient rendre fou, sinon tuer?

Le morceau s'est achevé au bout d'un long moment sur un dernier soubresaut de désolation et le silence qui a suivi en était tout imprégné. Et s'est étiré longtemps, saturé de gémissements et de sanglots.

J'ai entendu Josaphat se moucher, poser son violon dans son étui, le refermer avec, je suppose, sa délicatesse coutumière.

Enfin il a dit d'une toute petite voix :

« As-tu compris, Victoire ? »

Et sans plus réfléchir j'ai bêtement répondu :

« Oui, j'pense que j'ai compris. Mais tu devrais essayer de le dire, Josaphat, pas juste de le jouer sur ton violon.

— J's'rais jamais capable de dire ça. Surtout pas à toi.

— Mais si tu le dis pas, personne le saura jamais !

— C'est mieux comme ça. »

Et j'ai posé la question qui a scellé le maudit malentendu :

« C'est peut-être mieux qu'elle le sache pas ? »

Il n'a rien répondu et est entré dans la maison en courant.

« J'ai pas les mots pour dire ces choses-là. J'les ai pas. Pour fanfaronner, oui, pour conter des histoires, chanter des chansons à répondre pis chanter la pomme aux filles parce que c'est ça qu'on attend d'un violoneux dans les soirées, mais ça… J'me dis que si Victoire a pas encore compris, même cette fois-là, c'est pas par manque d'intelligence, mais parce que ce que j'avais à y dire est tellement laid pour elle, tellement monstrueux, qu'a' peut même pas penser que ça peut exister… Je sais pas comment dire ça… A' peut peut-être pas imaginer que de la si belle musique peut contenir une chose comme celle-là… »

Dehors, une fine pluie tombait, un rideau gris qui déguisait le vert des arbres mais n'arrivait pas à cacher le rouge et les ors de plus en plus présents au bord du lac. Les nuits fraîches avaient déjà commencé à tuer la forêt en y mettant le feu.

Florence avait écouté en silence, sa main n'avait pas quitté la tasse où refroidissait un thé des bois fort qu'elle avait préparé à l'arrivée de Josaphat.

« Si la chose se produisait, Josaphat, as-tu bien pensé aux conséquences, comme je t'avais demandé de le faire ?

— Oui ! Oui, chus prêt à tout endurer ! Chus prêt à tout endurer, les condamnations, l'excommunication, le rejet de tout le monde si on a des enfants… Chus prêt à… à… inventer une nouvelle façon de vivre pour elle!

— Tu viens de parler des enfants…

— La famille, y a toujours moyen de l'empêcher.

— Pas toujours.

— J'veux pas penser à ces affaires-là, comprenez-vous? J'veux qu'a' sache, qu'a' dise oui, j'veux qu'a' dise oui, le reste a pas d'importance!

— Pis si a' dit non?»

Josaphat avait fait sursauter Rose, Violette et Mauve en quittant brusquement la table pour aller s'appuyer le front contre un des murs transparents qui dégoulinaient d'eau.

«Si a' dit non… mais ça se peut pas qu'a' dise non… Si a' dit non…»

Il était revenu prendre sa place, avait terminé son thé des bois d'une seule gorgée.

«Dans mes rêves, a' dit jamais non.

— On est dans la réalité là, Josaphat…»

Il l'avait regardée droit dans les yeux et Florence avait frémi devant tant de désespoir.

«Si a' dit non, y me restera plus rien, j's'rai pus rien, pis la meilleure chose qui me restera à faire, ça sera de disparaître… Si je l'ai pas oubliée pendant les sept ans qu'elle a été partie, si je l'ai attendue, si j'ai été convaincu qu'a' me reviendrait un jour, si je vous ai prouvé tout ce temps-là que c'était sérieux au contraire de ce que vous me disiez, si chus encore convaincu que Victoire est l'amour de ma vie, la seule amour pensable, si chus prêt à tout pour elle, même au pire, c'est que je la mérite, non?

— Mais tu penses pas à elle dans tout ça, Josaphat. Tu penses en égoïste!

« — Moé, égoïste! Mais chus prêt à tout sacrifier pour elle!

— Mais elle aussi, Josaphat, a' va vivre en paria, a' va être jugée, rejetée, a' va probablement devenir la méchante femme qui a encore fait tomber un homme, son frère en plus! Sais-tu bien ce qu'on pourrait faire de vous autres, Josaphat? Ce qu'on pourrait faire d'elle?

— J'vas la défendre! J'vas nous défendre!

— Contre tout le monde?

— Contre la terre entière!»

Florence s'était levée, s'était dirigée vers Josaphat, avait pris sa tête dans ses deux mains.

«Jure-moi une chose, Josaphat.

— N'importe quoi! J'vous jure n'importe quoi! Tout ce que vous voulez!

— Si a' dit non, si a' veut pas de toi de cette façon-là, jure-moi que t'insisteras pas!»

Les yeux de Josaphat étaient devenus fous, mais il avait continué de la regarder.

«Mais ça se peut pas!

— Oui. Ça se peut.»

Il avait alors lancé un soupir comme on rend les armes au bout d'un trop long combat.

«Mais j'vas en mourir!

— Jure-le!

— J'vas en mourir!

— Jure-le!

— J'vas en mourir!»

Et il avait fermé les yeux pour lui répondre.

«J'vous le jure.»

Josaphat parti dans son canot d'écorce parce que le seul accès au château transparent donnait sur le lac,

Florence avait repris sa place au piano et avait attaqué le morceau le plus triste de son vaste répertoire.

« Ça se pourrait que dans pas longtemps vous vous remettiez à tricoter, mes filles. »

Dire que les semaines qui ont suivi ont été parmi les plus longues et les plus désagréables de ma vie ne serait pas exagéré.

Une gêne palpable s'était installée entre Josaphat et moi, faite de demi-conversations jamais complétées, surtout de silences inexplicables parce que nous avions toujours beaucoup parlé tous les deux, et de longues marches en solitaire dans la forêt, nous qui, enfants, avions tant aimé explorer ensemble les alentours de la maison et souvent poussé jusqu'au lac Gagnon pour aller pique-niquer d'une beurrée de cretons ou de tête fromagée avant de nous lancer à moitié déshabillés dans ses eaux qui ne se réchauffaient jamais. Josaphat a même disparu pendant quelques jours à plusieurs reprises, rapportant des lièvres ou des perdrix qu'il dépiautait en silence avant de me les donner à cuisiner. Il a même fait faisander un canard derrière la maison qui a attiré les mouches et empuanti l'air pendant des jours et auquel je n'ai pas voulu toucher. Et qu'il a fini par faire rôtir au-dessus d'un feu de camp loin de la maison. Il l'a mangé pour me narguer, je n'ai pas réagi pour la même raison.

Je n'aurais su dire exactement ce qui causait ce malaise. Était-ce à moi d'aborder le sujet que j'avais cru deviner, ce secret qu'il n'avait pas pu m'avouer en paroles mais dans une magnifique sérénade, cette présence d'une femme dans sa vie dont j'aurais dû me réjouir et qui pourtant me brûlait comme une insulte personnelle? Maintenant qu'il l'avait suggéré, aurais-je dû le questionner, manifester un intérêt que je n'avais pas pour… pour quoi? Son avenir? Le mien? Et cette boule dans ma gorge qui m'empêchait de respirer, qu'est-ce que c'était? De la jalousie? Oui! Mais quelle sorte de jalousie? Pourquoi? Je savais que ce que je ressentais pour mon frère n'était pas naturel et que rien, jamais, ne pourrait s'accomplir entre nous, que mon secret à moi pourrait peut-être le tuer. Cet aveu qu'il avait laissé échapper pouvait un jour le rendre heureux et il me demandait peut-être de partager ce bonheur possible avec lui, alors pourquoi restions-nous chacun de son côté à nous méfier l'un de l'autre? Il avait fait les premiers pas et attendait en silence que je lui réponde? C'était donc à moi d'aborder ce sujet délicat et j'en étais incapable.

Ou alors avais-je mal compris son message? Cette femme était-elle vraiment inatteignable? Mariée ou indifférente? Avait-il été repoussé, évincé? Était-ce une plaie ouverte qu'il m'avait montrée, un cœur saignant? Avait-il simplement besoin du soutien de sa sœur pour passer à travers une douleur insupportable, une humiliation cuisante? Mais comment aurais-je pu l'aider? J'étais moi-même écrasée par ce que j'appelais le destin inéluctable et que les religieuses du couvent auraient sans aucun doute nommé le châtiment de Dieu.

Est-ce que je méritais le châtiment de Dieu?

Non!

Ma religion, soutenue par une société ignorante et malfaisante, rejetait ce que je ressentais pour mon frère comme une chose laide, une aberration, mais moi seule savais à quel point c'était beau! Ou alors avaient-ils tous raison contre moi et étais-je déjà la paria que j'allais devenir si ce que je désirais le plus au monde s'accomplissait? Parce que je le désirais! Je le voulais! Mais je n'avais pas de violon pour l'exprimer!

C'est alors, à cause justement du violon, qu'une vérité, une possibilité de vérité, m'est tombée dessus, qui a failli me tuer.

Un éblouissement. Une porte ouverte sur une lumière trop brillante. Un coup de soleil, un coup de feu!

Épilogue

Il m'avait dit :

« À soir, Victoire, j'vas te montrer le plus beau spectacle du monde ! »

Et il m'avait fait ce sourire narquois qu'il me réservait quand il était fier de lui et qui me plaisait tant. Je l'avais embrassé au coin des lèvres.

Une heure avant la tombée de la nuit, il était allé atteler Wilbrod à la vieille charrette de notre père qui ne servait plus depuis longtemps et qu'il avait négligé de démolir pour la faire brûler dans le poêle à bois de la cuisine.

« Ça va être son dernier voyage… »

Il avait éclaté de rire.

« Pas Wilbrod, la charrette… »

Il avait murmuré quelques mots à l'oreille du cheval en lui glissant quelque douceur dans la gueule.

« Tu vas voir, y connaît ce chemin-là aussi par cœur, j'aurai même pas besoin de me servir des rênes… »

Nous avions emprunté le vieux chemin perdu qui menait autrefois aux camps de bûcherons, une simple coulée dans la forêt, une traînée de terre poudreuse dont l'accès se devinait à peine derrière les bécosses et dont nous avions gardé le secret, Josaphat et moi, après l'avoir découvert pendant une de nos explorations. Mais ça n'avait jamais été le royaume des trolls et des fées parce que l'approche en était trop pestilentielle. D'ailleurs je m'étais toujours demandé si la bécosse existait déjà, si les bûcherons se bouchaient le nez avant d'emprunter la route qui les couperait du monde pendant des mois, s'ils avaient eu à subir cette mauvaise odeur avant de commencer à sentir mauvais eux-mêmes. (Un soir où papa avait parlé du manque d'hygiène dans les camps de bûcherons, maman avait failli perdre connaissance.)

Les fougères, restées d'un beau vert émeraude malgré l'automne qui s'annonçait, étaient si nombreuses qu'elles envahissaient presque le petit chemin pour former une espèce de doux tapis. Un tapis émeraude entre deux murs où le rouge l'emportait déjà sur le vert. Et ça sentait l'ail des bois. Maman en aurait mariné des pots complets qu'elle aurait sortis tout l'hiver pour parfumer son rôti de porc ou en faire de ces beurrées qui nous dégoûtaient tant, mon frère et moi, et dont raffolait papa. Le soleil, bas au-dessus du sommet des vieilles montagnes, faisait jouer des ombres mouvantes sur le dos de Wilbrod qui dodelinait paresseusement de la tête.

Le chemin débouchait sur une clairière naturelle jonchée de troncs d'arbres rébarbatifs que l'obscurité avait commencé à déguiser en fantômes. Le sol était plongé dans l'ombre, mais le faîte des arbres était encore couronné de lumière.

Josaphat avait installé une grosse couverture de laine sur le sol sans doute humide en disant :

« Installe-toi là-dessus en attendant…

— En attendant quoi, Josaphat ?

— Que je prépare mon violon… »

Il allait me faire un concert en pleine forêt ! Je me suis étendue de tout mon long sur la couverture et j'ai essayé de regarder le ciel à travers les branches. Il n'y avait qu'un seul trou dans le feuillage, à ma droite, sans doute laissé par le foudroiement de quelques arbres pendant un orage violent. Un carré de ciel qui, c'était étrange, avait commencé à pâlir au lieu de s'assombrir.

J'entendais Josaphat s'affairer à quelques pas de moi, mais je ne pouvais déjà plus le voir. Le bruit de l'étui qu'on ouvre, une corde pincée par inadvertance, ou pas, de grandes respirations comme chaque fois qu'il s'apprêtait à jouer.

Après un long silence à peine traversé par quelques discrets hennissements de Wilbrod qui semblait savoir ce que nous faisions là, ce qui nous attendait, j'ai senti un mouvement au-dessus de moi. Josaphat avait levé son archet.

« R'garde, Victoire, r'garde, t'as jamais vu une affaire de même ! »

Je me suis levée pour aller me placer à côté de lui. Je l'ai pris par la taille.

La première note m'a presque jetée par terre.

C'était un son si bas, si primitif, qui venait de tellement loin, qu'on aurait dit qu'il avait de la difficulté à monter dans l'air de la forêt, comme si une puissance, peut-être son propre poids, le retenait près de nous. Il a fait un tour de la clairière, il a sans doute échevelé les fougères et secoué les arbres, puis la deuxième note, un coup d'archet vers le haut, l'a propulsé dans le carré de ciel visible où le sommet de la montagne continuait de pâlir avec une étrange rapidité. Il n'y avait plus de ciel, que du blanc et quelques étoiles parmi les plus brillantes, Vénus peut-être. C'était le prélude à quelque chose de grand, un événement exceptionnel se préparait qui allait se produire là, au-dessus de nos têtes. C'était un avertissement. Et Josaphat me faisait le cadeau d'en être témoin. J'étais convaincue qu'ils en étaient les instigateurs, lui et son violon, et j'ai posé ma tête sur son épaule sans toutefois gêner le bras qui maniait l'archet.

Après la répétition des deux mêmes notes, une mélodie d'une étonnante douceur, une sorte de souffrance retenue, lente, envoûtante, s'est mise à tournoyer autour de nous, comme si elle prenait son temps avant de s'envoler puis, au moment où le sommet de la montagne est devenu d'un blanc éclatant, elle a pris de la rapidité, comme rendue folle. C'étaient les mêmes notes, la même mélodie, mais partie en vrille, saisie d'une folie incontrôlable, un tournoiement continu qui sautillait de plus en plus vite avant de se propulser vers la lumière. La mélopée était devenue une gigue, un rigodon. Josaphat s'est mis à chantonner, à taper du pied, je sentais les muscles de son corps jouer sous sa chemise.

Et c'est là, porté par la plus belle musique jamais entendue, que l'enfantement se produisit. Un arc lumineux d'un rouge vif, un début de tache de sang, est apparu derrière les arbres du faîte de la montagne qui semblait lui donner naissance. Plus qu'une boule de feu, une gigantesque perle rouge est née sous mes yeux, propulsée par une force colossale du flanc de la montagne vers les grandes hauteurs du firmament, elle a grimpé, majestueuse, en avalant les quelques étoiles qui perçaient encore le ciel, portée par le son d'un violon magique et la voix d'un mage.

Je ne saurais dire combien de temps tout ça a duré, juste que j'ai pleuré de joie et de gratitude, je dansais, je tapais dans mes mains, en espérant entendre cette musique pendant tout le restant de ma vie, à chaque moment, beau ou souffrant, parce que j'étais prête à affronter tout ce que me réservait mon existence.

Quand ça a été terminé, quand la perle rouge, la *luna rossa*, a repris son aspect de perle blanche, Josaphat est resté debout, le violon à la main et, j'en suis convaincue, un grand sourire aux lèvres.

Le reste est trop beau, je le garde pour moi.

«Vous avez vu, maman? Tout s'est bien passé.

— Oui. Josaphat va rester. Vous pouvez vous remettre à vos tricots.»

Key West, 29 janvier – 30 mars 2020